醉後大丈夫

滕征輝——著

以酒串成的歷史經典

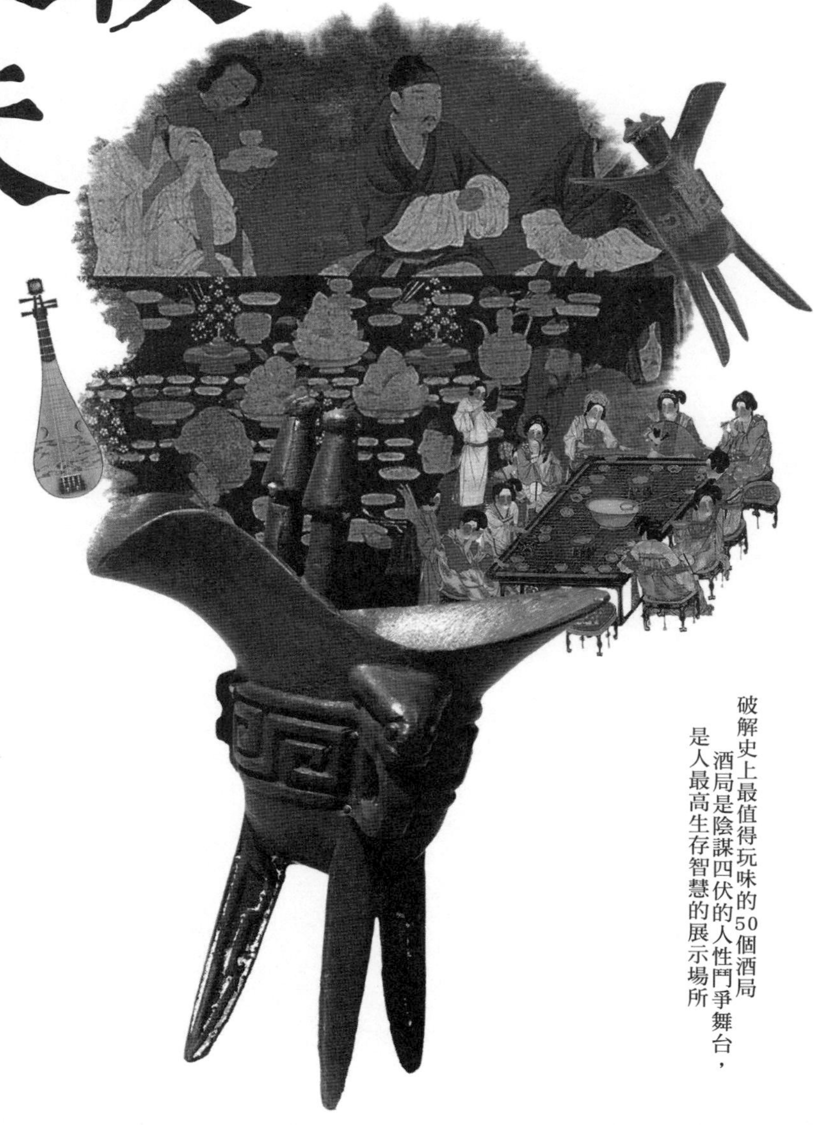

破解史上最值得玩味的50個酒局
酒局是陰謀四伏的人性鬥爭舞台，
是人最高生存智慧的展示場所

醉後大丈夫：以酒串成的歷史經典　序言

萬古江山百局酒

《段子》系列寫到四的時候，側重寫了飯局應酬，其中有幾百個我親身經歷的酒局。現在此書也是寫酒局，但是具有更深刻、更廣闊的大歷史背景，即中國五千年酒文化是如何影響與推動我們整個歷史進程的。從西元前一六〇〇年商湯伐桀時的肉山酒海，到西元二〇一三年巴菲特午餐，我精選了一百個酒局，裡面有刀光劍影、生蒸美人，也有千金一笑、把酒釋懷——每個段子都原生態地還原了歷史，詮釋了歷史發展的奧秘和細節。由於採取了講段子的獨門手法，夾敘夾議、以古論今，想來不至於乏味，更有活色生香之感。

酒是一種液體，它能應景而化、因人而異；局，則講究一定的禮儀、規矩，酒局一方面有目的、有規矩，另一方面酒精使人活躍，想說話、想表達。所以，每一次酒局起承轉合過程差不多，但箇中意味大不相同。

我覺得，無論政客、刺客，還是墨客、說客，在酒局裡面，首先還是酒客，都離不開酒這位大媒，只是運用之妙，存乎一心。比如青梅煮酒局，曹孟德在酒桌上放著青梅，開場還講了一個「望梅止渴」的故事，其實是為酒局定下了基調：對於得不到的東西，不要妄想。席間他沒下殺心，也是想「攬天下之士為己所用」，以真正收服劉關張，可惜遇到了善用「厚」字訣的劉備，後者絲毫不為所動。其後曹公沒被吉平下藥毒死，就已是洪福齊天了。其他如貴妃醉酒，是失意人的醉後獨舞；杯酒釋兵權，為最簡單手段的最深刻謀劃；血濺鴛鴦樓，是不可抑止的滔滔殺氣。只不過，英雄美女今何在，萬古江山百局酒，曲終人散後，每一席不過是過眼雲煙。

今日世界已是紅塵滾滾、酒海如潮，有誰敢說自己不被蒙塵、能眾醉獨醒？所謂溫故而知新，以酒局來破解一下歷史發展的玄機，沒準會有破人生困局的意外之功。歷史在進步，科學和技術改造了我們存在的物質世界，然而人性往往不會有根本的變化，所以在此本人借　瑟歷史中某些值得玩味的局，對現代人在現實生活中遇到的生存困惑做一點撥，如能使您瞭解不惑，算作在下對社會發揮的一點餘熱。

醉後大丈夫 目錄

江湖規矩

世道的真相

你可長點兒心吧

五代十國時期，本來中原農耕人口幾乎已經被遊牧部落殘殺殆盡，後來竟然於亂世中出了一個漢人趙匡胤，他滅掉了五代十國的大部分，為統一中原奠定了基礎。這位大老粗出身軍人家庭，靠槍桿子打天下，卻是一位重文輕武的有心人。南北宋的皇帝都因為他的遺囑，而不錯殺一個書生，實在是功德無量。當時，要說書呆子，南唐皇帝李煜可說是真正的書呆子。南唐陷落後，李煜派人帶話要求和，趙匡胤卻說：「臥榻之側，豈容他人鼾睡耶！」

李煜降宋後，被封為違命侯，居住在開封並受到監視，不過後來倒也一直相安無事。李煜是位天生的藝術家，當皇帝時他寫的都是風花雪月，做了俘虜後，難免自怨自艾。〈虞美人〉據說是在七月初七中國情人節這天寫成的，那天也正好是李煜的生日，彼時老婆都叫別人搶走玷污了，自己還能怎麼樣呢？只能在這種狹小的寓所裡宴飲奏樂，悲懷之下寫下了這首千古絕唱：

春花秋月何時了，往事知多少？小樓昨夜又東風，故國不堪回首月明中。雕欄玉砌應猶在，只是朱顏改。問君能有幾多愁？恰似一江春水向東流。

毛主席說牢騷太盛防腸斷，確實有道理。經過燭光斧影接班的趙匡胤的弟弟趙光義也是一代梟雄，但更狠更直接。他看了這首詩，既欣賞又感動之餘，給李煜送去了一壺酒——鴆酒。鴆，傳說中的一種毒鳥，這種鳥十分浪漫，把它的羽毛放在酒裡，可以毒殺人。宋太宗請喝酒，不管是什麼酒，受邀請都非喝不可，南唐後主李煜的殘魂也就這樣散了。

歷史比現實更無情。就在宋太宗趙光義對李煜斬草除根的時候，他做夢也沒想到，同樣的命運在不久之後會落到自己後人的身上。宋徽宗趙佶的藝術細胞比李煜有過之而無不及，命運卻更為淒慘。大家都知道北宋時，金國滅遼以後就出兵攻打宋朝。當時宋朝朝政腐敗，民不聊生。靖康年間，金兵攻破北宋都城東京，也就是今天的開封，立奸賊劉豫為帝，把徽欽二帝擄到北國。徽欽二帝到北國後，被囚禁在一口古井中，沒有行動自由，像井底之蛙，只能看見巴掌大的一片天。他們坐井觀天，度日如年，吃喝都是靠金人用籃子放下來，拉屎撒尿也都在這井中。想當年，李煜還可以在亭臺樓閣裡吟詩作畫，今日這爺兒倆只能枯坐在井裡望月。所以，善良的人們哪，還是厚道一點兒吧！

南唐皇帝多愁善感了一些，他們的老前輩「掃把星」劉禪，即阿斗，可就強太多了。《漢晉春秋》記載，司馬炎滅蜀以後，舉辦盛大宴會接待劉皇叔的這個兒子，想從側面觀察一下他的內心世界，以決定殺還是不殺。酒至半酣，司馬炎專門讓藝人表演蜀國的雜耍，想羞辱一下這些蜀國人。一旁相陪的蜀國舊臣們看後無不悲傷流淚，只有這阿斗談笑自若，跟沒事人似的。晉朝皇帝看得都有點兒不解，跟岳父賈充說：「人之無情，乃至於是乎！雖使諸葛亮在，不能輔之久矣，而況姜維邪？」賈充回答，要不是這樣，也輪不到他們兼併蜀國了。

過了幾天，司馬炎覺得劉禪挺好玩兒，又把他叫來喝酒聊天看跳舞，還問他：「頗思蜀否？」阿斗張嘴就來：「此間樂，不思蜀。」就這麼渾渾噩噩地樂不思蜀。西蜀的老臣郤正聽說了這件事，跟劉禪說，千萬別這麼沒心沒肺的，以後人家再問，你得哭著說祖宗的墳墓還在四川呢，我哪天都思念不已。其實郤正玩兒的是無間道。又過了幾天，司馬炎果然又問。劉阿斗果然就這麼說了，把人家給笑壞了，知道這真是個沒心沒肺的傢夥。

才高八斗的李煜成為亡國奴後，哀恨鬱結外露，太宗容其不出兩年。「大智若愚」的阿斗因為「裝傻充愣」，卻做了八年的安樂公。一位成了文壇名人，一位成了千古笑柄。

一千多年後，小品演員宋小寶擠對阿斗：「斗斗啊，你可長點兒心吧。」這該叫人如何評說？

鋤禾日當午那人最後

小時候看革命樣板戲，那會兒我們最崇拜的是楊子榮，他扮相好、唱腔妙，活得也瀟灑，騎馬上山、智鬥欒平，還混上了土匪窩裡的老九。但稍覺遺憾的是，「三爺」的百雞宴還沒開始呢，匪徒追剿小分隊就上來了。著什麼急嘛，一百多隻雞呀，等吃完了再打不行嗎？所以說，威虎山的酒局很不成功，倒是「百雞宴」三字深深印入了我的腦海。

唐朝也有個百雞宴，主角叫李紳。他出身於破落貴族，六歲時喪父，由於家境敗落，親眼看見農民終日勞作而不得溫飽的不幸遭遇。有一年夏天，李紳回故鄉亳州探親，與同榜進士李逢吉同登觀稼台，時任刺史的李逢吉感慨道：「何得千里朝野路，累年遷任如登臺。」

一旁的李紳眼裡看到的則是烈日下的農夫，於是吟道：「鋤禾日當午，汗滴禾下土。誰知盤中餐，粒粒皆辛苦。」苦一些並不可怕，農夫為什麼仍然過不上溫飽日子？這裡肯定有不合理的制度性因素。倆人感慨半晌。李紳長歎道：「春種一粒粟，秋收萬顆籽。四海無閒田，農夫猶餓死。」

多麼純良又憂國憂民的好學子啊！李紳很快被官場注意、賞識及提拔，但而後迅速在這口大染缸裡，與人同流合污起來。從國子助教到官封趙國公，發達後的李紳由於為官酷暴，當地百姓逃走了很多，面對朝野的指責，他照舊用「莊稼理論」辯解：「你用手捧過麥子嗎？飽滿的顆粒總是不動，又何必理會那些隨風而去的秕糠呢？」

據史書記載，李紳隨著官職的提升，開始「漸次豪奢」，一餐飯要耗費幾百貫錢，天天離不開「百雞宴」。他呼朋引伴，大擺酒宴，談一些風雅趣事，單說下酒菜就必須佐以一盤雞舌，大約要耗費活雞三百多隻，據說每天院後宰殺的雞堆積如山，浪費驚人。如此看來，座山雕費心巴力地弄來一百隻雞，還沒等吃呢，就被懲辦了，與李紳比起來，真他大爺的太冤枉了。

唐朝中晚期，士族勢力逐漸衰微，士族同庶人出身的科舉官員之間的權力爭奪十分厲害，前者以李德裕為首，稱李黨；後者以牛僧孺為首，稱牛黨。兩黨水火不容，互相傾軋了近四十年，史稱「牛李黨爭」。李紳就是李黨的中堅分子，中晚年起伏不已，為了美女阿顏搞了個「吳湘案」（註1），死後殃及子孫三代不得為仕。

其實，李紳還有件事在歷史上無人不知。有一次，他大擺筵席，接待劉禹錫，就是那位寫過「舊時王謝堂前燕」的傢夥，是圈子裡著名的「道是無晴卻有晴」的大色鬼，劉見李紳家中私妓成群，並且歌舞團有位杜韋娘風情萬種，頓時迷住，馬上獻詩一首〈贈李司空妓〉，意思是：你李大司空都玩兒膩了，就把美人讓給我得了。這麼一不小心，就造了「司空見慣」這個成語，原文是：

高髻雲鬟宮樣妝，春風一曲〈杜韋娘〉。司空見慣渾閒事，斷盡江南刺史腸。

前幾年有一本書發行了幾百萬冊，但是沒有書號，只有幾萬字的內容。是一位出了事的老闆寫的警世之言，意思是人生是可以算賬的，大致有七筆帳，這七筆帳算不好，一輩子將下落不明：

政治賬、自毀前程；
經濟賬、傾家蕩產；
名譽賬、身敗名裂；
家庭賬、妻離子散；
親情賬、眾叛親離；
自由賬——身陷囹圄；
健康賬、身心憔悴。

註1：唐武宗年間（841-846），吳湘任江都縣尉。有一次公出時，他撈了一筆「差旅費」的外快，有人向李紳告吳湘貪汙公款，還有強娶民女等罪。多領一點兒「程糧錢」（即差旅費）在當時的下層官員中並不是大不了的事；強娶民女則是子虛烏有的事。但是，由於吳湘是「牛党」分子吳汝納的弟弟。所以一見訴狀，李紳便以此作為投靠「李黨」的一個籌碼，命觀察判官審理。觀察判官嚴刑拷問，吳湘屈打成招，再加上一些莫須有的罪名，被定成死罪。李紳也不核實，即行上報，李德裕未經有司復核，就直接批文問斬。李紳又不顧朝廷「凡戮有罪，猶待秋分」的規定，在盛夏即迫不及待地執行了。後來宣宗在牛党擁戴下於八四七年即位。吳汝納為其弟申訴冤情。宣宗敕禦史台審理，經勘查復核後，證實是李德裕憑藉威權，僅憑李紳妄奏，即置吳湘枉死。宣宗大怒，於當年將李德裕貶崖州（今海南），李紳也受到了「削紳三官，子孫不得仕」的處罰。

太祖有遺囑

中國歷史上幾乎所有的開國之君都面臨著如何處理一起光膀子打天下的好夥伴的問題，對這一歷史無法繞過去的難題，史上處理得最高明的當屬趙匡胤。趙匡胤這傢夥，怎麼看他都應該是魯智深那一類人，什麼太祖棍法、千里送京娘，十分地江湖氣，但他其實是個不折不扣的大政治家，他只靠經驗和手腕，就三下兩下把五代十國的爛攤子收拾得妥妥帖帖的。

陳橋驛兵變後，趙匡胤兵發開封。一路上也沒遇到什麼實質性抵抗，這就使稱帝后的封賞有了學問。結果，凡是拒不開門的，都加官進爵；搶著拿鑰匙開門的，反被砍掉了腦袋。進入後宮，政變的一干人等遇到一妃子抱著大哥柴榮的兒子，趙普建議殺了，潘美裝聾作啞，趙匡胤說故人之子不忍殺，就把孩子過繼給潘美做侄子，後來這孩子也一直平安無事。

趙匡胤當皇帝沒幾天，正在大街上招搖過市時，突然一支冷箭向他射來。周圍的人都大驚失色，他卻從容下車，敞開胸膛，指著射箭的方向大喝：「看準了，往這兒射。射死我，皇帝能輪到你來做嗎？」侍從們隨之準備全城搜捕刺客，趙匡胤卻揮手讓大家回來，說沒那個必要。

此時趙匡胤手下的武將大多是過去結拜的一些高級軍官，號稱「義社十兄弟」，如楊光義、石守信等，這幫傢夥習慣了在一起爭吵，喝起酒來也不管什麼皇帝的面子和禮儀。有一天，趙匡胤帶他們去郊外打獵，喝大酒。喝到差不多的時候，趙匡胤假裝高了，起身說道：「此地無人，誰想當皇帝，儘管來殺我。」他喝問再三，其他幾位無不大驚失色，跪在地上不敢起來。於是，趙匡胤無奈道：「既然你們非讓我當這個皇帝，君臣的規矩就得守著，誰再放肆，就來殺我好了！」一言已畢，地上一片山呼萬歲。

擺平了武將，文臣這邊就好辦多了。有一天上朝，趙匡胤坐在龍椅上，底下的列位大臣團團圍坐。宰相奏事時，趙匡胤忽然說：「我的眼睛已經花了，請拿過來看看。」宰相遞完奏摺，回來發現座位沒了，只好站著。其餘的大臣見狀，也都站了起來。從此，就立下了規矩：大臣面君必須站著，一改千年以來坐著議事的老規矩。

權力穩定以後，北宋的國家方略定為「先南後北」，先拿書呆子李煜這個軟柿子捏。南唐君臣都很害怕，派使臣來朝見太祖。這個使臣說：「陛下如天，我們如地，天都是蓋著地的；陛下如父，我們如子，父親要愛護孩子啊。」趙匡胤哪是他能忽悠的，反問道：「既為父子，為何兩處吃飯？」使者無言以對，趙匡胤站起來，厲聲喝道：「臥榻之側，豈容他人鼾睡耶！」

天下太平之後，擁兵自重的武將始終像一根魚刺卡在朝廷的喉嚨裡。趙匡胤和趙普哥兒倆嘀咕了幾回以後，定下了一個著名的酒局——杯酒釋兵權。戲文跟以前差不多，喝的七八分醉以後，趙匡胤開始歎氣，說自己夜裡睡不著覺。大臣們得問啊，趙匡胤就說擔心他們兵變。石守信幾個當然是拍著胸脯表忠心。趙匡胤卻說：「我在陳橋驛的時候也是這樣的，怕的是那些貪圖富貴的手下也給你們黃袍加身啊！」看到眾將很惶恐，趙匡胤開始談些人生不過百年的大道理，搞了不少的歌舞來助興。酒局散後，他是高興回宮啦，那些人估計是睡不著了。

到了第二天，所有的藩鎮武將都以生病為由遞表請求辭職。太祖皇帝欣然應允，下旨賞賜大量的土地、金錢和美女，並賜予相應的爵位和特權。數百年來，武將亂天下的隱患就這樣被一場酒悄然消除了。據統計，北宋的國內生產總值占當時全世界的八成，這種繁榮與趙匡胤的遺訓大有關係。趙匡胤在皇宮的深秘之處立了一塊石碑，只有後代的儲君即位時才能進去觀看，這就是著名的「勒石三戒」：

一、柴氏子孫有罪，不得加刑。縱犯叛逆，止於獄中賜盡，不得市曹行戮，亦不得連坐支屬；

二、不得殺士大夫及上書言事人；

三、子孫有渝此誓，天必殛之。

農民都很無厘頭

五十多年前，東北長春的一家影院在上映正片之前，照例播了一部紀錄片《故宮》。在那個物質極度貧乏的年代，人們被片子裡的珠光寶氣晃花了眼睛，當時不知有誰念叨了一句：「哎呀媽呀，值老鼻子錢了！」有個傢夥聽後，就把這句話刻在了心裡，而且足足折騰了一宿沒睡。

第二天這傢夥買票去了北京，躲在故宮的公共廁所裡，然後伺機偷到了幾件國寶，雖然僥倖逃出，但最後還是被捕了。辦案人員審了半天，他的犯罪動機竟是源自上面那一句話，所有人都覺得好笑。這是新中國歷史上第一起故宮失竊案。歷史不可重複，而荒唐總是相似，在一千多年前，同樣因為一個算命先生的一句話，長安發生了一起闖宮鬧酒的荒誕事件。

西元八二四年，長安城裡熙熙攘攘，正如韓愈所寫：「長安百萬家，出門無所之。」某飯館裡，有兩個人正在喝酒，其中一個是街頭算命的蘇玄明。喝著喝著，他忽然心血來潮在桌子上卜了一卦，然後大驚失色道：「兄弟啊，咱們可能要大富大貴了，卦象顯示咱哥兒倆要去皇帝的御榻上喝一頓酒，你說奇不奇怪？」

另一個人叫張韶，是為皇宮服務的染坊小頭目。此人天生膽大妄為，聽到這話就說道：「我們隔三岔五去皇宮送原料，混進去吃吃酒，也不是不可能。」

接著，他們真就策劃起來了，最後他們聯合了一百多個染坊工人，利用運送紫草的車輛，大模大樣地進了皇宮。那時候唐敬宗李湛十六歲剛剛即位，是個瘋狂的馬球愛好者，整天在後院玩兒，所以宮殿正面很安靜。

事情到此發生了突變，一個宦官發現運草車吃力太深，非要檢查。結果車內跳出了上百大漢，順手一刀把他殺了。既然起了頭，大夥兒也就豁出去了，有搶刀械的、有找寶貝的、有尋宮女的，宮裡一時大亂。後邊打球的小皇帝嚇得都走不動了，急調兩側的神策軍往大明宮趕。

張韶和蘇玄明兩位直奔清思殿，在龍榻上擺好吃喝，相對坐好。他們吃的東西有兩種可能性：或是皇宮裡原有的，或是自己帶來的。吃著喝著，張韶還誇讚道：「蘇哥，你算得真是太準了！」然後互敬了一杯。所謂榻相當於今天的床，那木頭玩意兒坐久了硌得屁股疼，蘇玄明說：「兄弟，差不多了，走吧。」走？往哪兒走？一百來個市井之徒怎是正規軍的對手？只一會兒，他們就全都被砍殺了。兩大狂徒也死於亂軍之中。

我們的教科書把這件事稱為農民起義，其實這純屬一次無厘頭鬧劇，透著某種神秘性。敬宗受此驚嚇，不過兩年就死了。所以，這世上的事兒：

「沒有做不到的，只有想不到的。」

流亡中的酒局

我一直覺得關公這人挺能裝樣子，大半夜的不睡覺，捧本書在那兒讀，還說是護送嫂子為避嫌，其實還有五百軍兵環顧，何苦這麼做作呢？而能裝樣子的人一般都狠，越能裝就越狠，像刮骨療毒這種事，歷史上也就這麼一例。後來我琢磨出來點兒味道，那是因為他「熟讀春秋」，為什麼呢？春秋那會兒有故事啊，盡都是些又裝又狠的厲害人物。

從西元前七七〇年到西元前四七六年，稱為春秋時代。在這近三百年中，一百四十多個諸侯國打成一團，大型的軍事行動有五百來次。《史記》中記載：「君三十六，亡國五十二，諸侯奔走不得保其社稷者不可勝數。」由於周王室衰微，諸國中崛起了五位霸主，其中以晉文公重耳最為傳奇。

重耳的名字與他生理上有關，他生來是重瞳子，就是每只眼睛有倆瞳仁，與上古舜帝一樣。父母都覺得這是吉兆，另外他還是板肋，肋骨都連在了一起。後世的李元霸也是這樣，這樣的人力大無窮。那時候晉國很亂，晉獻公娶了驪姬及其妹後，要廢了太子申生，另外倆兒子重耳和夷吾也都逃跑了。

四十二歲時重耳只能去母親國狄，並且一待就是十二年，還娶了一個戎族美女，生了倆兒子。後來狐偃、趙衰等智囊團也都過來與他會合。本來這麼平淡地過下去也就算了，但另一位流亡公子夷吾搶班奪權成功，做了晉惠公。他掌權後，總覺得重耳是個威脅，對他又是派刺客刺殺，又是要求衛國引渡。沒辦法，重耳一班人只好繼續流亡。

在衛國，他們受到了冷遇。實在無奈時向一個農夫乞討。那個農夫竟拿了塊土塊，說：「拿去吃吧。」饑餓難耐的重耳舉鞭要打他，狐偃趕忙阻止：「這是上天要賜給您土地，復國在望啊。」然後煞有介事地向農夫磕了個頭，接過土塊，裝在車上走了。這期間還發生了獻大腿肉的感人之舉，後來衍生出了寒食節和清明節。

接下來，他們到了齊國。齊桓公雖然老了，但眼光仍舊獨到，絲毫沒有慢待前來的政治流亡者，還將一名宗女嫁給了重耳，賣了個大人情。那女子嬌豔賢德，把重耳迷得不可自拔，待了幾年也不想走。五大謀臣著急，與那女子通氣後，設了一場酒局。在鶯歌燕舞後，重耳被灌得酩酊大醉，一覺醒來時，馬車已經離開齊國都城很遠了。重耳氣得操戈欲砍，說如果不能復國，就吃他們的肉。狐偃卻道：「如果失敗了死在荒野，我的肉也是被狼吃；若能復國，晉國的肉都是你的，哪裡輪得到我的臭肉。」

到了楚國，楚成王慧眼識人，隔三岔五地宴請他們，共論天下大事。有一次，大家喝得十分盡興，楚成王問：「我待你們如此優厚，將來何以為報？」重耳思忖一會兒，答道：「若返國，皆君之福。倘晉、楚對戰于中原，我必然退避三舍，以報今日之恩！」楚將子玉大怒，喝酒吹牛也要有個限度，吹得壓過了別人，別說是君王，就是一般人也不願待見你。這尹子玉一尋思，就建議楚成王乘重耳羽翼未豐將他剪除。好在楚成王仁慈，沒太把這當回事兒，只是默然不許。

齊桓公和楚成王都在五霸之列，另一霸主秦穆公更是看好這支潛力股，將愛女嫁給了老頭子重耳做正室，順手還送了五位美人陪嫁。要說人比人氣死人，古往今來哪有這麼豔福齊天的流亡者？西元前六三六年春，秦將公孫枝率領秦軍三千，護送重耳渡過黃河。出奔在外十九年後，重耳終於繼承大位。很快，晉文公聯秦、合齊、逼衛、懾魯、敗曹、救宋、破楚，不僅退避三舍報了恩，還逼死了那位不可一世的子玉，在位九年，會令天下。正是：

流亡十九載，不負美人恩；
把酒論王道，晉祠草木深。

肉食者鄙

東北人大多是闖關東的山東人後裔。在困難時期，我家的鄰居們常收到從山東寄來的花生和地瓜乾，那可是那時候我們小孩子冬天的美食。我覺得，東北人在工業化以後更為粗獷豪放一些，山東人則相對細膩保守一些。實際上，山東為齊魯文化的發源地，齊文化與魯文化雖有交融，二者區別還是很大的。

武王弟弟周公旦受封於魯國曲阜。但為了國事他沒有赴任，兒子伯禽於是繼位為魯公。這裡的「公」是諸侯在自己封地內的通稱，而不代表爵位，其爵為侯，所以國內尊魯公，朝廷稱之魯侯。姜太公被封于齊。齊當時是落後的夷荒之地，因實行「因俗簡禮」「便魚鹽之利」等方針，迅速成長為東方最大的強國。

在文化上，魯國是孔孟之道的發祥地，注重倫理而尊重傳統。齊國則在土著文化的基礎上，發展出一種崇尚功利、講求革新的實用哲學。這有些像同時代的古希臘並列存在雅典與斯巴達這兩大城邦。崇尚藝術和民主的人群終究抵不過商業和冷兵器，齊魯之間也是如此，齊國在國力上一直佔有著優勢。

齊襄公在位時政令無常，弟弟公子小白和公子糾分別逃到莒國和魯國避難。待齊襄公死後，二子爭位，小白搶得君位，即齊桓公。稍後，魯莊公領兵護送公子糾回國，被打得大敗，枉丟了公子糾的性命。次年，兩軍再戰於長勺。魯國平民曹沫面君論戰，請纓領命，採取一鼓作氣的戰略將齊軍趕了出去，穩定了魯國國勢。

後來，齊桓公成為春秋首位霸主，開始挾天子以令諸侯，會盟天下。他時不時地拿老冤家魯國開刀，打得魯國上下惶恐，只好割地議和。曹沫請求隨從，魯莊公說：「你這回三次被人家打敗，還好意思去啊？」曹沫說正因為如此，希望能一血舊恨。於是，齊魯兩國舉行了著名的「柯邑之盟」。

在盟約儀式上，齊桓公與魯莊公按照慣例，獻酒歃血而盟於壇上。曹沫突然手執匕首劫持了齊桓公。所有人都不敢動。管仲問：「您想幹嘛？」曹沫說：「齊強魯弱，齊國欺負我們太厲害了，我們的都城都快被趕到齊國邊境上了，這是不是得說道說道啊！」齊桓公應允，把佔領的魯地全部歸還。話音剛落，曹沫扔掉匕首就走下壇，站回原位，跟沒事兒人兒似的。齊桓公等怒甚，想要反悔。管仲勸道：「算了，貪得一時痛快而棄信于天下諸侯，不值當。」於是，雙方繼續把酒相談。盟後，齊國果然將曹沬三戰丟掉的土地都還了回來。

《史記》將曹沬放在刺客列傳之首，讚其勇毅。韓非子卻覺得「俠以武犯禁」，破壞了諸侯國之間的正常規則，應該譴責，相反，齊國的退地守信才是大國做派。現在史家多認為曹沬與曹劌為同一人，還是名軍事理論家。我很喜歡其中的一段情節：曹劌請見莊公，朋友們說：「讓哪些吃肉的傢夥謀劃嘛，你何苦去攪合？」曹劌答道：

「肉食者鄙，未能遠謀。」

酒局喝的不是酒

很多明星不光是公眾人物，還是很成功的商人，他們由於壓力和社交等原因，幾乎天天泡在酒局裡，尤其是晚上，基本三點成一線：晚餐、歌廳及宵夜。他們不僅喝，而且都是大喝，偶爾碰到個不喝的老炮，肯定是已經喝傷了。

蔡康永參加搭檔小S的女兒滿月酒的時候，喝了一晚上也沒見小主角，問起來，小S說：「你弄錯重點了，今晚的酒局不只是慶祝滿月，更是為了喝酒。」

明星們醉酒既是新聞，也不是新聞：作為新聞，每天娛樂消息都不乏這樣的報導；不作為新聞，是因為發生的太多太快了，多大的新聞都會很快變成舊聞。不過，明星醉酒的方式總能花樣翻新，還伴隨著緋聞、糾紛及情節，所以人們的興趣始終不減。普通人的生活乏味，所以喜歡看明星出醜，求得自我某種心理上的滿足。

論起醉酒出醜，某大明星丟人丟得最大發。2006年一流行音樂元老級的歌星在香港舉辦演唱會，接近尾聲的時候，該明星剛喝得醉醺醺的突然衝上舞臺，硬要與之同唱。觀眾開始起哄，他鞠躬道歉，但就是不肯下臺，擾攘了好一陣子。部分觀眾反擊喝倒彩，他竟然罵出：「你老×！」頓時全場譁然。耍酒瘋耍到萬人體育場，大哥不愧是大哥。

在酒局上，有種奇怪的現象：氣場大的人，酒量往往也大。據說歌手劉歡在寧夏與當地老農就著饢皮對吹能喝一瓶白乾兒；藝人藍心湄直言，她最快樂的事就是喝酒，每個月差不多花十多萬元買酒，多是十八年以上的威士卡；演員任泉曾戲言把紅酒當女人，喝起窖藏紅酒，一副憐惜之狀，彷彿喝的不是酒，而是自己的心；導演杜琪峰的大半資產都用在了品紅酒上，自稱紅酒是他的第二個老婆，花費已過千萬港幣；拍戲沒有劇本的王家衛，很多靈感都是在喝酒中得到的。這位墨鏡後的導演如是拍完了《東邪西毒》，裡面張國榮飾演的歐陽鋒始終手不離酒，把生死、愛情與江湖都詮釋在了醉生夢死之中，留下的那個經典語句想必也是他的酒裡人生：

「酒越喝越暖，水會越喝越寒，留下一壺醉生夢死行不行？」

老鄉見老鄉

在八大商幫中，徽商是數一數二的。從東晉開始，徽州六縣人士好離別而四海為家，唐宋時期漸漸興旺，明中期達到高峰。那時，男子一成年就有一大半外出經商，所以徽商的業務網路遍佈世界各地。前兩年，有兩個南京青年教師跑去安徽，砸了大徽商王直的墓碑，說他是日本漢奸，引起社會輿論的廣泛關注，一段久遠的歷史公案浮出了水面。

歷史上，倭寇問題比較複雜，涉及中日兩國恩怨情仇。忽必烈在朝鮮高麗政府的配合下，雖兩次征討日本不果，但均加強了海防，以閉關鎖國。後來，大明、室町幕府及李氏王朝先後政權時，倭寇更加猖獗。前期倭寇基本上是日本內戰時期的殘兵敗將。等到朱棣遷都北京後，退守沿海的南方倭寇殘餘勢力與日本失勢力量又結合到了一起，才成為三家新政府的心腹大患。

更深的背景是明朝的海禁政策。本來當時的明朝生產力已經提高一大截，國際貿易也漸成主流，但嘉靖皇帝中止了一切貿易行為，用圍堵政策抵禦倭患。結果唐宋以來的貿易產業鏈全部斷裂而轉入地下，商團被迫武裝化，商人成了黑社會，浪人及流亡者成了打手。據記載，倭寇中的日本人不到30%，朝鮮人也不多，真正的首腦骨幹均為中國人，特別是徽商。

在歷史課本裡，戚繼光、俞大猷都是抗倭的民族英雄，這是後來的情況。在此之前，朝廷武裝鎮壓倭寇收效甚微，東南沿海全成了戰場，直到績溪胡家的胡宗憲接任了總督，大打老鄉親情牌，才完成了釜底抽薪。當時倭寇兩大集團都是徽州歙縣人當家，胡總督先從徐海下的手。

徐海曾是杭州虎跑寺的和尚，後來從事海上貿易，逐漸組建了一支數萬人的海盜集團，屢敗明軍。胡宗憲上任後，得知徐海身邊有個紅顏知己王翠翹，原是金陵紅妓。於是他下足功夫從內部打入。徐海被枕邊風吹暈了頭，同意請降，結果全軍覆沒。翠翹後悔萬分，大罵胡總督殺降不祥，然後投水殉情，據說留下一首詩：

「建旗海上獨稱尊，為妾投誠拜戟門。十里英魂如不昧，與君煙月伴黃昏。」

第二大集團就是王直。在某種意義上，王直是徽商的創建者和代表人物。王直年少落魄，但人存俠氣，多智略，樂善好施，頗有威望。亂世出英雄，王直闖蕩江湖多年，成為亞洲老大，坐擁萬人大船數艘、武裝槍支五千多，號稱「淨海王」。他把槍支從西班牙倒賣到日本，幫助日本實現了從冷兵器到熱兵器的過渡，但那時全日本才三千支槍，所以乖乖地仰其鼻息。

胡宗憲知道，平倭的關鍵就在王直身上，於是設下一個局，派手下王千戶接近王直。有一次王千戶請王直到船上喝酒。推杯換盞之際，胡總督設局假套近乎，搞得「老鄉見老鄉，兩眼淚汪汪」，王直次日坦然離去。

為了釋疑，胡宗憲又使出「蔣幹盜書」之計，特意邀王直義子與其同居一室，他自己裝作醉酒，吐得到處都是，並且有意留下奏章文書，消除了王直最後的疑慮。

在安徽老家，官府軟禁了王直的母親、妻子及兒女，但對他們厚待有佳。王直無從選擇，帶倆人來到總督府，談判有關解除海禁的事宜。二個月後，王直拿信去見杭州知府王本固，隨即遭到扣押。經過三年的激烈爭吵，朝廷最終還是殺了王直，王直部下也被圍剿潰敗。胡宗憲聞得噩耗，慟哭不已。他的處境也不妙，對手攻擊他與王直關係不清不楚。幾年後，他也自殺身亡了。

前面說到的那個被砸的墓碑，其實是王直的後人回老家立的，倒是在浙江台州蛇蟠島，有一尊王直的塑像，塑像一側的對聯很說明王胡之間的關係：「道不行，乘桴浮於海；人之患，束帶立於朝。」我有位好友經商多年，總結了他幾次大的失誤，說都與老鄉有關。有一次在歌廳喝酒，他滿懷傷感地唱道：

「老鄉見老鄉，背後定是槍。」

四大公子

先秦時期，沒有科舉制，諸侯國的重要官職由王室子弟把持，其餘的則被各大家族瓜分，剩下的有本事的人只能做「士」。士大致分三類：能寫能說的，有學士、策士等；能打能拼的，有勇士、死士，甚至戰士；本領特殊的，有高士、術士及方士。這些士人有點兒像千年後的日本浪人，他們滿天下地尋找機會，寄望於投靠某家貴族勢力，以便「士為知己者死」。

後來秦國一家獨大，六國開始著急網羅人才，採用了更加開放的養士手段。其中最著名的為戰國四大公子：魏國信陵君、齊國孟嘗君、趙國平原君、楚國春申君。他們都是君王的親兄弟，在國家利益上與君主都是一致的，但一旦他們坐大，又會馬上受到猜疑。他們有自己的封地和收入，養活幾千名門客，以備不時之需；身懷絕技的士人沒有什麼選擇，唯有以技能得到主人的尊重，肝腦塗地報答主公。

秦軍首領趙玉、白起打敗了紙上談兵的趙國趙括後，沒有像別人那樣習慣性地要求割地，而是一舉坑卒四十萬，徹底滅掉了趙國的元氣。趙國平原君趙勝眼見都城不保，魏國援軍又按兵不動，緊急向小舅子信陵君魏無忌求救。信陵君聽從智叟侯嬴的安排，先是盜出能調兵的虎符，再帶勇士朱亥一鐵椎打死魏軍主帥，率聯軍打退了不可一世的秦軍。

信陵君得罪了自家的魏王，只得留在趙國。趙王為了報答信陵君的救命之恩，大擺宴席。酒局之前，信陵君的姐夫趙勝準備贈送五城封邑。信陵君得意地大笑，一旁的門客卻說：「別人對你的好，須牢記；你對別人的好處，及時忘記。」結果這場大酒喝得賓主皆歡，信陵君始終低調，趙王也樂得不提，平原君有意湊趣，達成了心知肚明的默契。

但沒想到，信陵君一待就是十年。直到魏國爆發危機，信陵君才應邀回國，之後靠江湖威望聯合五國大軍，再次打敗了秦軍，隨後在魏國執政。但秦國的縱橫術很厲害，魏王見硬的不行，就開始不斷地捧殺，果然信陵君受到猜忌。他只好請辭，在家裡每天酒色自娛，但四年後還是被魏王賜鴆酒毒死了。又過了十八年，秦滅魏國，置郡縣。

再說平原君，他在趙國三起三落，前後任相國四十八年，手下食客三千。那次幸虧有信陵君盜符相救，他自己也是聽進良言，散盡家財招募壯士，這才保住了邯鄲。去楚國談判那回，自薦的毛遂按劍上前：「兩句話說完的事，怎麼談這麼久？」楚王大怒呵斥，毛遂說：「大王掌握天下生死，十步之內卻是我掌握大王生死。秦國燒光楚國宗祠，這種仇能不報嗎？」於是，楚趙結盟。公孫龍原也是平原君門客，後來鄒衍說他「煩文以相假，飾辭以相悖，巧譬以相移」，所以被疏遠了。

孟嘗君田文是世家子，卻俠風很重，無論士人出身，皆平等以待。他與人初次見面時，總是滿面春風地聊家常，屏風後面有侍吏在做記錄，等那人回到家裡，要求他辦的事已經辦完了。有次馮煖家裡揭不開鍋了，投來做食客，經考驗沒什麼特殊本領，吃飯時還摸著佩劍說怪話：「長鋏歸來乎？沒魚吃啊。」孟嘗君是江湖規矩的創立者，哪能拒絕他，趕緊做魚送去，後來要車再送車，又說沒錢養家，就送了安家費給馮母。

過了一段日子，馮煖被派去薛邑收債。他見百姓過得挺苦，就借主公的名義，一把火將欠條都燒了。世上哪有嫌錢多的，孟嘗君心裡很不舒服。等到日後下臺回去，他看到薛城百姓夾道歡迎時，才知道馮諼有大見識。馮卻說狡兔三窟，以仁義收買民心只是其一，其二是國際聲望，其三是宗廟。馮諼為孟嘗君把這三件事都辦妥後，說道：「三窟已就，君姑高枕為樂矣。」

那個時代的人一不小心就能整出條成語。後來孟嘗君從秦國逃離，靠門客裝狗叫偷出白狐裘衣，裝雞叫賺開城門，被後輩的江湖人士貶為雞鳴狗盜之徒，孟嘗君卻感歎：「明珠彈雀，不如泥丸。」孟嘗君沒有信陵君的那種忍，當齊湣王叫板時，他便逃到魏國為相，聯合了五國大軍，差點兒把齊國給滅了。

春申君黃歇是當時中國南方最有權勢的人，一度門客超過三千，號稱天下第一。另外三大公子曾派人來楚訪問，個個穿著華服、戴著金簪，感覺相當良好。但見面後，他們發現春申君門客鞋上都綴著明珠，只好自歎弗如。秦國先後滅掉西周和東周以後，黃歇結集六國大軍與秦決一死戰，在函谷關遭到大敗，至此，秦統一大勢已基本厘定。後來黃歇見楚考烈王無子，便獻上自己已有身孕的侍妾，後來這個侍妾生下的孩子果真繼承大位，即楚幽王。孰料天道無常，這個移花接木之計反惹來殺身大禍。那侍妾被楚考烈王立為王后。其兄李園是個野心家，為了令尹相位，蓄養死士，埋伏於棘門之內，砍下了黃歇項上人頭。唐人杜牧漫遊天下，路經楚地時寫道：

烈士思酬國士恩，春申誰與快冤魂。
三千賓客總珠履，欲使何人殺李園。

政治寶貝

流覽一下新浪體育頻道，你會發現每天都會有各種緋聞和半裸照夾在其中，謝莉爾、巴神及小貝，當然還有各種寶貝。過去的寶貝都乖乖在家待著，現在卻出來搔首弄姿，為競技體育助興。多數人都以為寶貝之說來源於歐美，特別是NBA（美國籃球職業聯盟），此言不虛，但其實我國民國時期就有這種寶貝了，不過是政治寶貝。

其中有一位啦啦隊員叫沈佩貞，此人對政治有著超乎尋常的熱情。一九一一年，沈佩貞在天津組織起義呼應武昌首義。失敗後，她脫獄到了上海，後創辦了女子尚武會，培養了一腔熱血、滿身殺氣的五百女特工。隨後沈佩貞去找黎元洪，黎大都督對送上門來的新女性不可能不動心，妾有情，郎有意，很快便與沈佩貞打得火熱，鬧得滿城風雨。黎的小妾危文繡遂醋勁兒大發，發潑般地鬧，最後迫使黎元洪把沈佩貞趕出武漢才甘休，據說老黎起先給沈還準備了一萬元大洋的封口費。

沈佩貞被迫來到北京後立刻就崇拜起了袁世凱，並又迅速糾集起了一批新女性，其中不乏名門閨秀、女學生。沈佩貞率領這批北漂啦啦隊員經常出沒於各色酒會及權貴宅第，為袁世凱的事業獻身獻力。沈佩貞認了北洋軍閥集團重要人物江朝宗為乾爹。江朝宗為這批「女志士」設立了辦事處，沈佩貞為處長，下設秘書、幹事等職位。同時這裡又像高級娛樂會所，袁派大佬無不光臨，吸引了各地好多跑來要官的閒人。沈佩貞的名片很大一張，上書「大總統門生沈佩貞」，旁注小字：「原籍黃陂，寄籍香山，現籍項城。」意思是，我跟過黎元洪，幫過孫中山，現在在袁世凱門下，這種印法是經袁總統同意的。

當時，袁世凱為了當皇帝，簡直到了利令智昏的程度，他默許籌安會六君子搞烏七八糟的請願活動。其中拉票的還有娘子軍，她們共分為三撥：一撥是才女派，寫文章助陣；二是會議派，組織「中國婦女請願會」，以婦女參政來支援帝制；三是江湖派，以沈佩貞居首，奔走於權貴之間，搜集消息，搞掂關係，甚至組織幾百名妓女上街遊行。

一九一五年底，帝制復辟活動漸入高潮，沈佩貞在北京東四七條胡同舉辦了臭名昭著的「醒春居酒會」。沈處長率一班政治啦啦隊員，穿著豔麗，濃妝豔抹，團坐在海棠花下，與京城大佬喝花酒。女人越浪，男人越狂，現場氣氛十分曖昧，行著行著酒令，有人忽而提出以「聞臭腳」為令，輸者聞別人的臭腳。第一個受罰的便是乾隆帝五世孫愛新覺羅・載振，他拿起女人脫下的繡花鞋，仔細地聞過，並以鞋為杯，一飲而盡。據說在場之人差不多都品嘗了臭腳的滋味。

沈佩貞在同盟會時，就幹過很多剽悍的事。由於國民黨將新黨章中「男女平權」一條給取消了，參會的沈佩貞便衝上主席臺，將主持會議的宋教仁扇了好幾個耳光。此後她聲名遠播，不過也在京城待不下去了。因為《神州日報》支持帝制，特工隊就把主編家砸了，還將人家裡的議員朋友打成重傷。結果，沈佩貞罰禁押半年，雖然不久被保釋出來，但風波過後，她也風光不再了。

性格決定命運，所謂「凶的怕愣的，愣的怕狠的，狠的怕不要命的」，這些人都是因為血液裡欲望的衝動過大，但也離不開時代環境及個人的選擇。環顧周圍的圈子，其實沈佩貞這樣的虎妞不乏存在，有時更因某種天真勁兒，調解著我們乏味的生活。所以說，這類人之於社會，「就好比做菜，無論什麼菜系，多少都要用點兒大醬、辣椒之類，因為人們離不開重口味兒」。

皇二代

在二十四史中，太祖型皇帝都是打江山創業的，太宗型皇帝才是把江山坐穩的角色，比如漢太宗、唐太宗、清太宗，其實明成祖朱棣也可以叫明太宗，他們無一不是雄才大略者。反之，不成器的第二代都叫二世祖，像秦二世、隋煬帝之流。可見，江山的氣運大多是第二代奠定的，這一點對現今的民營企業應該有所警示。

宋太宗趙光義一生追隨太阻，原名叫趙匡義，為了避諱太祖才改名的。當然他即位後，立刻改名趙炅，並統一了吳越以及北漢政權。因為武將們都被哥兒倆給杯酒釋了兵權，沒有了兵患，所以太宗主要致力於文化事業，召集了全國所有的知名學者，編輯了一本當時全球最大的百科全書《太平類編》（即《太平御覽》），共一千卷，引書多至一千六百九十多種書，可惜大多散佚了。

作為總編輯，趙光義每天至少看三卷以上，用了一年多才看完。說來也很奇怪，他每次看到累了的時候，總會飛來一隻仙鶴，把他手裡的書叼走，其實這是身邊人為了他的健康考慮而設計的。勸說的話聽多了，趙光義就很客氣地解釋說：「看書也是很好的休息，開券有益嘛。」

趙光義氣量宏大，從不抱怨身邊人或亂發脾氣。

據說他的草書不在張旭、米芾之下，南北宋兩朝的藝術氛圍也是由他來宣導形成的。有一次練字，身邊沒人，他就自己動手鋪紙洗墨，太監們見後都嚇壞了，太宗卻沒事兒人似的。曹操發明了無憂角，而趙光義創造了三大圍棋定式：獨飛天鵝勢、海底取明珠勢、對面千里勢。有時候棋下得多了，臣子們照例來勸，他卻笑著說：「下下棋，總比泡在女人堆裡強吧。」

北宋經常舉辦宮廷酒會。大臣們都是科舉出身，大多是青史有名的，酒喝得熱鬧，詩也做得好，君臣既可以放鬆放鬆心身，又能增進瞭解。有時候也小酌，但肯定是關係很好的。某次有倆傢夥喝多了，又吵又嚷，醉暈後被送回府中，剩下太宗獨斟自飲，神色不變。第二天，那哥兒倆綠著臉跪倒請罪，太宗說：「你們這是幹什麼？昨晚我也喝高了。」

李煜、孟昶（註2）都是出了名的敗家皇帝，但也是歷史上著名的大藝術家，對女人的品位當然也是高雅絕妙。他們在自己的宮裡囤積著不知多少絕代佳人，被北宋一股腦兒地搶了來。其中最優秀的當然仍在皇宮，只不過宋太祖沒心思搭理，便宜了他的三弟，尤其是那位天下第一美女小周后，臨幸之後，當場被畫了春宮圖，據說這張創世之寶現在臺灣歷史博物館。

西元九七六年十月的一個晚上，歷史上最神秘莫測的「斧聲燭影」酒局在北宋的皇宮裡舉行。當時年屆五十的太祖身患疾病，趙光義進入寢殿問安，並一起飲酒用膳，在場的還有太監王繼恩。據宋史記載，當晚遙見燭影下晉王（即趙光義）時或離席，以及發出「柱斧戳地」之聲。後世用「斧聲燭影」形容可能發生的兄弟血案。

註2：後蜀末代皇帝，在位三十一年，享年四十七歲。

不久，宮裡宣佈太祖去世，宋皇后眼見四皇子趙德芳沒來，晉王趙光義又在第一時間趕回，便知道事出有變，只得求道：「吾母子之命，皆托於官家。」趙光義安慰道：「共保富貴，勿憂也！」第二天晨，趙光義在靈柩前即位，封侄子趙德芳為八千歲，賜金鐧：上可打昏君，下可打奸臣。至於真相如何，只有趙官家心裡清楚了。

最誤事的部下

我做企業多年，絕對算不上成功人士，總結起來都是因為老毛病「慈不掌兵，義不理財」給鬧的。我出身教師家庭，打架回家從來都是再挨一頓揍，現在看來，這種教育顯然對經商沒有多少幫助。其實和從政一樣，在商場上混得好的人，前期都是勤奮節儉之輩，後期與財有些機緣，但更多的是命中註定。但不管怎麼說，大企業家無不臉厚心黑。

逢年過節，好多老朋友都會相互問候。奇怪的是，問候我的助手們很少，工作人員則很多，連二十年前的司機都不忘從山東或河南送來祝福。想到那時對人家嚴苛的樣子，我這心裡著實有些慚愧。以我個人的經驗，很多人認為領導好蒙是不對的。凡是上位者，都有更廣泛的資訊管道和廣闊的視角，有些事情人家只是擱置不論而已，千萬不可自作聰明。

在管理上，永遠是屁股決定腦袋。有時候對待不得力的下屬，真的是恨鐵不成鋼。總結起來，有這麼幾種誤事的部下：一種是見不得美女，春夏秋冬都在發情，弄得辦公室泛著一股酸味兒；還有一種是太摳門兒，談什麼都行，就是不能談錢，為了點兒獎金，恨不得把同事掐死；另外一種是氣性太大，見不得別人好，看到人家升職或有什麼好事兒，就跟掘了他家的祖墳似的。其實，最耽誤事兒的是好酒的人，酒色財氣中，酒最沾不得，因為其他都只是犯一種錯誤，醉酒的人卻可以犯好幾種。

喜歡三國的人，沒有不喜歡典韋的，典韋剛一出場就極有氣勢：幾個士兵都扶不住的大旗，他一隻手可以使之紋絲不動。獨眼將軍夏侯惇介紹說，典韋殺人過鬧市，無有敢近身者，可見殺氣之重；到了深山老林，他沒事兒追著老虎玩兒，被夏侯惇遇見，替老大曹操收了這員大將。

曹營猛將如雲，真正上數的也就典韋和許褚。許褚也很厲害，黃巾軍打他的山寨，他一石頭一個，打倒了幾十個猛漢，最後用耕牛換糧食，兩隻手拽著兩根牛尾巴，生生地嚇跑了叛軍。即使這樣，與典韋比起來，許褚仍然差一個層次，其他幾位，如呂布、趙雲、關羽、馬超，更沒有他這種豪勇氣概。

曹操是個愛才的人，赤壁大戰以後他痛哭流涕，為的是郭奉孝，至於典韋，他更始終念念不忘，典韋的過世比他的長子曹昂之死更令他悲傷。其實那次出事並不偶然，搞女人並不出奇，出奇的是曹操跑人家軍營裡搞人家的主母，這樣也沒關係，關鍵是千軍萬馬之中只帶了典韋一個人。這個人當然不是凡人，可問題是他一喝酒比凡人還凡人，所以大家永遠記得典韋一手掄一個敵人萬夫莫敵的樣子，卻忘了他是一個失職的人，一個陪著老大單身犯險，自己卻喝得酩酊大醉的魯莽傢夥。

賭博的人，都不大重情義；喝酒的人，相對漠視利益。這並不是說好酒就比好賭強，好賭的人其實是講規矩的，而好酒的人平時就不大講規矩，喝醉以後更是沒了規矩。因此，使用部下其實是有學問的：好賭的人可以讓他去做事，但不要讓他管錢；好酒的人可去外交，但不能讓他獨當一面，烏巢守將淳于瓊就是這麼被割了鼻子的。

江州大酒局

漢族是中華民族的主要民族，起因是西漢、東漢的幅員遼闊和文化悠久，其實說白了主要是因為三個姓劉的：劉邦、劉秀、劉備。在百家姓中，張王李趙遍地劉，說明這個姓氏具有水的很多特性，看起來無害，發起力來很難阻擋。所以在職場中，凡是姓劉的老大，我都敬而遠之，多少有些惹不起的意味。

劉氏三位皇帝都不好好種地，劉邦是因為天性，習慣遊手好閒；劉秀學問很高，為了裝傻種了好幾年地；劉備覺得自己是貴族，所以寧可賣鞋，也不種地。不管怎麼說，不愛種地的男人都不是好莊稼人，但有可能成為好的君主。在中國歷史上，好多這樣的老男人沒有什麼特長，為人也不踏實，偏偏能成就很大事業，這裡面是有道理的，因為他們都懂人學，懂得識人、用人和廢人。

在四大名著中，宋江和劉備是一種人。我年輕時總看他們不舒服，到了中老年，才發覺其中為人的妙處。把宋江在江州的前前後後總結起來，我發現他的一生是一個用酒串起來的局，而且是個很大的局。宋江是山東鄆城縣的押司，曾幫助過當地的大哥逃去梁山，後來殺死知道此秘密的小妾而流亡江湖。其間，他先後遇到了武松、孔明及清風寨等諸多好漢，但堅持不走黑道，後來臉上被刺配江州，也就是今天的九江市。

宋江落到了這番田地，其實與酒是有關係的，否則也不會亂刀捅死閻婆惜。在去江州的路上，宋三郎的酒勁兒始終未消，先是在山嶺上遇到了黑店。他開玩笑說，不會有蒙汗藥吧？然後豪爽地一口喝乾，果然麻痺暈倒。要不是混江龍李俊及時趕到，店主催命判官早就收了他的命。

宋江下山來到鬧市，仍然積習不改，出頭送江湖藝人很多錢，被當地黑道穆氏兄弟追殺。他跑到江邊，又上了汪洋大盜的賊船，幸虧命中貴人李俊再次出現，他才涉險過關，後來結交了一幫江湖好漢。等到了江州府，宋江上下結好，就是不買知府的面子，讀者們無不捏著一把汗，誰知道他其實早捏著了戴宗院長的小辮子，欲擒故縱地收服了他。

等遇到了李逵，宋江又是另一副面孔，管賭管喝，一副大哥對小弟的態度，不能不說他確實有手段。

宋江在骨子裡是不甘於被邊緣化的，他對勞動改造極其無奈和反感，這種情緒在他一人獨處的時候終於爆發出來，這就是潯陽樓酒局。他大病初愈來到潯陽樓，一個人喝起了小酒，眼望八百里江面，無限感慨自己前途的渺茫，想到自己結交的江湖好漢，不禁憤慨不已，所以提筆寫了兩首詩，在人家雪白的牆上留下了心裡話：

心在山東身在吳，飄蓬江海謾嗟吁。
他時若遂凌雲志，敢笑黃巢不丈夫。

以酒為媒，可以交朋友；飲酒過甚，卻會闖禍。宋三郎這種奇丈夫當然會遇到小人，所以黃文炳將他再次置於死地。但誰也想不到的是，宋江竟然有孫臏的本事，而且比孫臏還能裝樣子，為逃過捉捕他連自己都敢在屎尿裡打滾。可惜吳軍師還是無用，天機洩露之後，宋江和戴宗一起上了砍頭台。我一直認為，特別陰的人肯定會狠，宋江就是這樣。大鬧江州之後，宋江死活不走，一直到要了黃文炳全家的性命，眾人烤了大腿肉，喝了人心肝醒酒湯，才肯甘休。與林沖比起來，宋江才真正是被逼上梁山。

很多人都對宋江在青州之後不肯上梁山表示疑問，其實答案就在江州，等山東和江西的好漢們匯合起來，宋江自然玩兒起了權術。他藉口新來的兄弟無功不受祿，所以帶領他們坐在了下首，這看起來似乎合理，其實不然。晁蓋以下才十幾個弟兄，有本事的僅林沖一人。再看宋江手下，花榮、秦明本事超群，李俊等七八位長江大盜也足以壓過阮氏三雄，更關鍵的是軍師吳用，這位教書先生與宋江的默契顯然超過了土財主托塔天王晁蓋。

在中國，你千萬不要忽視劉備和宋江這樣的老男人，他們可以不要名、不要利，甚至不要命，但是只要權，只有權力才是他們唯一的追求。我在很多企業幹過，發現領導人有兩種：一種是把錢交給老婆；另一種是不交給老婆。實踐證明：

交給老婆的幾乎都破產了，沒交給老婆的不僅繼續當大款，而且還有了更多的老婆。

誰比誰更忠奸

《世說新語‧任誕》載：「王孝伯言：『名士不必須奇才，但使常得無事，痛飲酒，熟讀《離騷》，便可稱名士。』」這段話既是對魏晉前的總結，也是為後世的指引。中國的名士，尤其是失意好酒之士，沒有不捧《騷》而感慨流淚的。屈原才高志大，以飲酒為樂，對楚國尤為執著，用他自己的話來說：

路漫漫其修遠兮，吾將上下而求索。

戰國末期，鬼谷子的縱橫術成了高懸的十字架。懸樑刺股的蘇秦先畫「豎」，得以六國拜相。屈原再劃橫，成為推動懷王接受「合縱」的楚國推手。那是場著名的「六國酒局」：六大君王齊聚楚國，推楚懷王為盟主，聯合抗秦。屈原手捧雄黃酒，周旋于各國王公大臣之間，與蘇秦一起，成了歷史上最成功的酒局上的明星。

但歷史沒有這樣發展下去，因為張儀出現了。張儀以「連橫」之術為楚國挖了個大坑，這招甚至比白起的坑卒四十萬更狠。這就是《史記》記載的「張儀誑楚」的故事。張儀許給楚懷王六百里土地，條件是與盟友齊國絕交。楚國傻乎乎地幹了，結果鬧得不可開交，齊國投入了秦國懷抱。楚問秦國要地時，張儀卻說只有六里地，楚王你聽錯了。楚王怒極，不顧一切地與秦決戰，結果八萬甲士亡命，割兩城才得以求和。連橫的成功，代表了秦國統一天下的趨勢已不可阻擋，哪怕後來「圖窮匕見」的驚天一擊，也只是徒爭意氣而已。

戰後，楚太子做了人質，楚王鬱憤而死。奸臣們不僅並不自責，還變本加厲地擠對原本合縱抗秦的一方。屈原的心情可想而知——憂愁怨憤。國家危亡，故憂；壯志難酬，故愁；君昏臣亂，故怨；天道不公，故憤。憂國、愁己、怨君、憤世混雜在一起，只有兩種排遣之道：消之於酒，遣之於詩。《離騷》〈九章〉〈九歌〉〈天問〉如是而生，同時「楚辭體」流行開來，也開闢了中國文人「醇酒美人」傳統的先河。

在詩裡面，屈子的情緒是複雜的：「長太息以掩涕兮，哀民生之多艱」，為大眾而哭；「吾不能變心以從俗兮，故將愁苦而終窮」，為自己而歎；「惟草木之零落兮，恐美人之遲暮」，為無常而感；「亦余心之所善兮，雖九死其猶未悔」，為大道而求。國破家亡，往事難追，屈原就要做出對生命的選擇了。

遭放逐的屈原滿懷惆悵，酒醉後走在江邊，漁父見到勸他：「滄浪之水清兮，可以濯吾纓。滄浪之水濁兮，可以濯吾足。」何不順其自然？他的回答振聾發聵：「舉世皆濁我獨清，眾人皆醉我獨醒。」生命至此，只能是死而不悔了，屈子懷抱大石毅然跳進滾滾的汨羅江，那是西元前278年的五月初五。

後代文人不喜歡屈原的很多，但不佩服的幾乎沒有。我感覺他的缺憾是過於執著了，這影響了後世許多東施效顰的人，有時對社會烈火烹油太過，產生不少負能量。相比于莊子，屈子精神力過之，而境界風格遜色一些。不過，龔自珍的話很公允：

莊騷兩靈鬼，盤踞肝腸深。

朋友的度數

人和人之間都是有信任度的，因信任難能可貴，所以這個信任度就顯得格外重要了，有的朋友像水，溫度到一百就沸騰了；有的朋友像鐵，沒有個千八百度，是融化不了的。我們東北人管最好的朋友都叫老鐵，說的就是這個道理。信任度高的朋友，不光可信，而且可托，才是真正的兄弟。

我們中國人很奇怪，工作有工作的關係，生活講生活的圈子，一般都不交叉。尤其是有權有勢的人，更不希望這種交叉，他們都深知在高壓線上烤熟的鳥都是踩了兩根電線的緣故。看來，認一個老大是必要的，認兩個老大是危險的，認很多個老大就有點兒扯淡了。他想拿別人扯淡，別人更當他是個蛋。《三國演義》有個著名的酒局「群英會」，就是講朋友與事業之間的博弈關係的。

赤壁大戰中，曹孫劉在長江兩岸僵持對峙，武將們暫時無所事事，文人們便開始蠱惑人心。諸葛亮舌戰群儒、草船借箭，龐統玩兒鎖船連環計，周瑜則導演苦肉計。在這期間，有一個插曲，曹操的謀士蔣幹駕著小船去東吳勸降自己的同鄉兼同窗好友周瑜。沒想到，等待他的是一個更大的陷阱。

周瑜安排已定，親自出迎，挽著蔣幹的手臂同入大帳，擺了一場盛大的酒宴。東吳幾乎所有的文武官員都在場作陪，蔣幹的面子真是大極了。席間，周都督命太史慈監酒，說蔣兄弟是自己的老鐵，並非曹賊的說客，誰敢提公事，就砍下誰的腦袋。於是眾人開始大喝，都圍著周瑜轉，周瑜又圍著蔣幹轉，連音樂都奏了起來，這在戰爭期間是很罕見的。平日滴酒不沾的周瑜喝得酩酊大醉，並稱今日是江東豪傑的群英會。然後，他起身舞劍作歌：

「丈夫處世兮立功名；立功名兮慰平生。慰平生兮吾將醉；吾將醉兮發狂吟！」

如此鋪陳之後，蔣幹住在了周瑜帳內。中間更是安排了幾個小插曲，自以為聰明的蔣參謀偷看東吳的文書，竟然找到了曹軍降將蔡瑁、張允的往來書信。蔣幹自覺大功在即，匆忙溜回了曹營。百密一疏的曹操竟然信了這次反間計，等到蔡瑁、張允人頭落地，才悔之晚矣。這齣戲對戰爭的影響究竟有多大，還真不好說，不過，蔣幹盜書作為一個傳統段子一直流傳至今。據說，後世人就沒有一個姓蔣的敢叫蔣幹。

相對於小說，〈江表傳〉對此的記載要靠譜得多。在江東集團創業初期，曹孟德慧眼相中了周公瑾，派其九江同鄉蔣幹去探口風，許以朝廷要職。周瑜心知肚明，說哥們兒來旅遊是歡迎的，勸我跳槽就免了，然後大擺酒宴款待之。因為忙，三天后他才把蔣幹又請到營中，陪著視察倉庫和軍隊，隨後繼續喝大酒。周瑜還故意展示了他的珍寶服飾和私人團隊，並誠懇地說：「大丈夫處世，遇知己之主，外托君臣之義，內結骨肉之恩，言必行，計必從，禍福共之。」就是說，目前我信任有加、待遇優厚，就是蘇秦張儀重生也不好使。蔣幹見狀，一笑而過，倒是聽了彙報的曹操對這位年輕都督印象更加深刻。

周瑜出生貴族，相貌俊美，風度優雅，既有大韜略，又能吃苦抓細節，史書說他「曲有誤，周郎顧」，可見他不是一個粗豪的酒客。他曾為孫權獻策將劉備請來東吳，用酒色娛其耳目，並將關張調開任職。可惜曹軍的到來中斷了這一計畫。《三國演義》渲染的「賠了夫人又折兵」，講的就是這件事。

赤壁之戰後，曹操寫信給孫權，說當時士兵染病，是自己燒了戰船主動撤兵的，並不是周瑜的功勞。劉備更壞，他假裝歎息著說：「公瑾文武籌略，萬人之英。只是他器量太大，恐非久居人下者！」藉以挑撥東吳君臣的關係。事實上，周瑜的打算是，先討伐勢力單薄的漢中張魯，再兼併西蜀的劉璋。結果，在執行的過程中，周瑜不幸染病身亡，被曹劉分別捷足而登。想起來，令人扼腕不已。

社會上有一種殺熟的現象，某些經營者專門拿同鄉、同學、同事下手，就像小說中的群英會一樣。而周瑜生活中對待蔣幹的態度令人欽佩，有情有禮有節，這種不屑於殺熟的做派才是真正幹大事的人所需的。後世的皇太極也曾借太監之手，玩兒了一齣清版的盜書離間計，碰巧崇禎帝狹隘自信，只是害了那位遼東大帥袁崇煥。還好，金庸先生據此寫下了《碧血劍》，為人們展示了世間萬象的更多可能性。

鬥富的結局

我很喜歡收集線裝詩本，睡覺前閑閑翻來，再醒來時又已是黑天過去，紅日當頭。某晚，偶爾讀到杜牧的〈金谷園〉，極是喜歡：

繁華事散逐香塵，流水無情草自春。日暮東風怨啼鳥，落花猶似墜樓人。

這是詩人路經金谷園故址，為西晉首富石崇有感而發的一首憑弔之作。按照歷史記載，最繁華的宮殿當屬阿房宮，最奢侈的私人園林應為金谷園。這首小詩分別為之歌歎，雖不如〈阿房宮賦〉那般工整磅　，蘊含的內容卻同樣豐富悠遠。

去百度石崇，出現的馬上是「鬥富」的詞條，其實這個人非常複雜：論起野蠻生長，馮侖與賴昌星加起來的平方也比不上他。比才藝，一首〈思歸歎〉就是李白、杜甫都得拱手拜服，現今的儒商們哪能與之相提並論？講財富，別說黃光裕，國家存在美聯儲的那些錢都不一定有他的多；說起風流倜儻，石崇家裡藏嬌上萬，有穿不盡的綾羅綢緞、吃不完的山珍海味。

有人說石崇是官二代吧？的確不假，但他其實是富一代。石崇的父親叫石苞，官至驃騎大將軍，死後分家產，唯獨不給最小的六兒子石崇，還說：「此兒雖小，後自能得。」既然沒有繼承家產，石崇又如何富可敵國呢？史書只在他任荊州刺史期間，留下一句「在荊州，劫遠使商客，致富不貲」。這句話解讀起來很簡單：搶劫、貪汙、走私，黑白兩道通吃通殺。俗話說，天不怕，地不怕，就怕流氓有文化。為什麼呢？這類人膽子太大，但石崇的膽子更大。

石崇有多富，看看他的生活享受，皇帝們都比不了。《語林》裡說，客人劉實內急走進石家的廁所，見有絳紗大床，上面的席子非常華麗，十來個漂亮的婢女手持香囊（裡面裝的是刮屁股用的軟木片）侍立。這位窮苦出身的官員嚇得趕快出來，以為誤入主人的臥室。石崇說：「沒走錯啊，那就是我用的廁所。」那客人去蹲了半天，還是排不出來，於是告罪換了個地兒，才得以方便。石家的規矩可不止這些。客人去完廁所後，需要更衣，進去時穿的衣服由於沾染了臭氣，便被遺棄不用了。

至於石崇所藏的美女，絕色的就有上千人。王嘉《拾遺記》謂：「石季倫屑沉水之香如塵末，布象床上，使所愛者踐之，無跡者賜以真珠。」是說石崇喜歡飛燕型美女。他讓她們在鋪著細細沉香末的象牙床上走過，輕盈得可以不留下腳印者能得到百粒珍珠賞賜，這就是杜牧頭一句「逐香塵」的典故。據《耕桑偶記》描述，晉武帝得到外國進貢的火浣布，便製成衣衫，穿著去石崇那裡　瑟。石崇也是成心，帶了五十名打扮得一模一樣的豔姬，她們全都穿著這種火浣衫，他自己卻一身常服，貌似正經地接駕，弄得皇上非常沒面子。

石崇的筵席可不得了，天天歌舞昇平不說，還規矩多多，一不小心就能鬧出條人命，比如著名的「美人頭」酒局。那次請的是第一門閥家族王家兄弟，下的當然是第一等功夫。相爺王導淺嘗輒止，態度溫和自在。以殘忍著稱的大將軍王敦，可能是哪根筋沒搭對，平時酒量如海，今兒就是不喝。前來斟酒的是位如花佳人，嬌滴滴地勸了一會兒未果。主位的石崇臉色陰沉，一揮手，美女退下，時間不長，又一位美女呈上來一個玉盤，上面放著一顆面目姣好的美人頭。接著，又上來位美女勸酒，再不喝，再砍，再端上美人頭，如是者三。王導早坐不住了，輕歎草菅人命。他弟弟卻沒事兒人兒似的，說道：「人家自己砍腦袋玩兒，你跟著著什麼急？」

藏嬌總需金屋，石崇在河南金谷澗建了座別院，朝廷官員迎來送往皆在此宴飲，所以號為「金谷園」。園隨地勢高低築台鑿池，高下錯落的樓榭亭閣方圓占地幾十里，連酈道元的《水經注》都有記載，讚其「清泉茂樹，眾果竹柏，藥草蔽翳」。園內築百丈高的崇綺樓，主人為美人綠珠，其衣裝上飾以珍珠、瑪瑙、琥珀、犀角、象牙，可謂窮奢極麗，前文詩中的「墜樓人」說的就是她，那可是一段極為淒豔的愛情故事。

石崇做交趾採訪使時，路經越地，以明珠十斛換得這位梁姓女子。此女嬌媚異常，能吹笛又善舞，最難得的是才華橫溢，曾為名曲〈明君〉自配歌詞：「我本良家女，將適單于庭……昔為匣中玉，今為糞土英。朝華不足歡，甘與秋草並。傳語後世人，遠嫁難為情。」全詩貫穿著淒涼婉轉之情，令聞者肝腸欲碎。此女冠絕當時，更是集三千寵愛於一身，這不光是因為她與石崇宿緣深厚，還因為石崇也是位大才子。

我曾遍覽魏晉南北朝的詩篇，當時能寫出「文藻譬春華」「談話猶蘭芳」「迅風翼華蓋」「飄颻若鴻飛」這種句子的詩人，還真非石崇莫屬。他和左思、潘岳等結成詩社，號稱「金谷二十四友」，每次在此洞天福地大擺筵宴，但見得紗裙飄舞，文采飛揚，美酒如海，氣勢若虹，再加上綠珠這樣的絕代佳人助興，實在讓我等後輩悠然神往！《紅樓夢》的小場面與之相比，大為遜色！

有道是，人無百日好，花無百日紅。石崇的靠山是賈謐，待其被誅，對頭馬上開始找碴兒。據《晉書・石崇傳》記載：「崇有妓曰綠珠，美而豔，善吹笛。孫秀使人求之……矯詔收崇……崇正宴於樓上……謂綠珠曰：『我今為爾得罪。』綠珠泣曰：『當效死於官前。』因自投於樓下而死。」這正是冠絕古今的「墜樓」酒局。對孫秀這種小人，石崇平素連看都不看一眼，可今非昔比，政治上的牽連是殘酷無情的，所以他感歎了一句：「綠珠啊，我為你得罪人了！」綠珠整天周旋在達官貴人之間，哪裡不知覆巢之下無完卵的道理，泣然淚下之餘，決心不當別人的玩物，一句「效死於官前」如閃電劃過陰霾的天空。然後她轉身輕巧跳下，那被左思、潘岳輩牽腸掛肚的美妙身影就這樣永遠消失在人世間。

這場政治鬥爭的背景是「八王之亂」，美人殉情而死只是個導火索，石崇也很快入獄。他自以為相交滿天下，最多獲罪流放而已，結果仍被殺死。他死前感慨：「這幫傢夥都是貪圖我的錢財啊！」押解他的人反唇相譏：「早知如此，何不散盡家財行些善事？」石崇無言以對，遂受死。

百餘年後，杜牧憑弔廢園，還可以發出些落花流水的悠然長歎。而我們再去洛陽故地，看到的已經是擁有六家居委會的視窗社區，七萬多居民每天重複奏響著鍋碗瓢盆交響樂。如今金谷園的春天或許依稀可嗅到一絲洛陽八景的當年味道，但大地勾陳，繁華若夢，誰能聽到石崇那些低吟：

思歸引，歸河陽。假余翼，鴻鶴高飛翔。經芒阜，濟河梁，望我舊館心悅康。清渠激，魚彷徨，雁驚泝波群相將，終日周覽樂無方。登雲閣，列姬姜，拊絲竹，叩宮商，宴華池，酌玉觴。

挨揍了請客

明末的社會狀況是：政治流氓化、流氓政治化。前者是說當官的說話不算數、辦事不靠譜，後者是指枝枝葉葉的社會混子無不發芽於某棵樹幹，沒有當官的罩著，這幫人屁都不是。北方人習慣把那些沒有正式工作的遊手好閒之徒叫混社會的，其實這裡面也有區別。

流氓是有組織的，內部有分工，外面有地盤，一般都做點兒買賣，如小歌廳、餐廳、托運站等；地痞要低下一點兒，收個保護費、罩著十個八個小姐什麼的；混子更沒出息了，給大哥們跑跑腿，欺負個女學生，街頭巷尾討點兒小便宜。這些都以本地人為主，如果請些外地人，裡面有在逃的、亡命的，外面又能與白道坐地分贓，就可以叫黑社會了。

我生長在縣城，見慣了這類事情，現在看起來，70年代前後的那些玩鬧事情還是相當樸實和傳統的。如今最厲害的都在幹搬遷公司，去任何城市，當地最大的搬遷公司總經理就是那兒最牛×的大哥，個別的還做了搬遷辦主任。不過這活兒非常不好幹，杜月笙都說自己是個尿壺，憋著了就用一用，用完了往角落一扔，為什麼？怕有味兒！

江湖上冷硬的事兒太多，白刀子進紅刀子出的，表面上爭的是面子，其實都為利益。我喜歡好玩兒一點兒的，譬如有個段子：小痞子喝高了，夜裡晃著膀子在街上喊：「誰敢惹我，誰敢惹我？」這時一狠角色過去厲聲說：「我他媽的就敢惹你！」小痞子眼皮都不眨，抱著人家的粗胳膊再喊：「誰敢惹我倆！」

和現在的商人藝人一樣，混江湖的也不在家吃飯，而且每頓都得多少來點兒酒，先白的後啤的，講些見聞，吹點兒牛，咋咋呼呼地就要這種勁兒。有時候，雙方衝突後，會坐下來喝講和酒，這也分兩種情況：一種是沒打起來，雙方的老大認識或是覺得不值，得利的一方會請頓酒，講講數；另一種是打完以後，敗了的一方擺酒認輸。

電影《陽光燦爛的日子》有過這種場面，在莫斯科餐廳幾百人狂歡，現實中沒那麼誇張，但很好玩兒。雙方坐定，小弟們各自下面坐定，老大們和中間人坐在包間或上桌，輸的一方已經沒有面子可言，硬著頭皮裝孫子，先點煙，後敬酒，答應種種屈辱性條款，最後是埋單。贏者得意揚揚，一副「不服我就再揍你」的樣子，講些過五關斬六將的事蹟。中間人屬於有面子調和的，一般替輸了的周旋，多少保留最後的底線。

有些做小買賣的外地人，有時不懂地方的規矩，被教訓了以後，通常擺酒請流氓大哥手下留情。這種「挨揍了請客」的傳統久已有之，比較有名的是北洋時期，馬桶上將軍王懷慶把部將揍完以後，一般都提拔重用。所以他手下們都盼著挨打，一旦挨了打，同僚們和自己的部屬都會為他擺酒慶賀。這種酒局很透著些喜劇色彩。

你想，在京城某大酒樓，一位鼻青臉腫的將軍拱手迎客，一批身份很高的客人走進來，還送上貴重的禮物。酒局開始後，美酒佳餚流水般地上來，酒客們吆五喝六、推杯換盞，還不時地進來幾位八大胡同的當紅妓女湊趣，氣氛非常熱烈。客人不無忌妒地說些恭喜之詞，主人則滿臉喜氣地連連說道：

「同喜同喜！」

酒毒還是心毒

有個段子說，有四位同窗多年後重逢，談到人生的種種，覺得總在酒色財氣之中。公務員老大哥說：「酒色財氣四堵牆，人人都在內中藏，能到牆外走走路，不是神仙亦命長。」已成名醫的居士很贊同：「酒是斷腸毒藥，色是剮骨鋼刀，財是要命閻王，氣是惹禍根苗。」企業家多少不以為然：「沒酒不成禮儀，沒色世上人稀，沒財何以經營，沒氣定被人欺。」中學校長總是一分為二：

飲酒不醉最為好，遇色不亂真英豪，不義之財不可貪，寬宏大量氣自消！

所謂酒色財氣，都是人生而具之的習氣，宗教界均有對治的方法。在佛教中，居士戒一般指對殺、盜、淫、妄、酒的五戒，主要宗旨是：一是成就戒體，二是積累福報，三是少惹麻煩。但菩薩戒就不同了，其清規戒律有幾百條，核心思想是連起心動念都不行，顯然已經超凡脫俗了。有了戒，才有可能進入定境，繼而獲得出世的智慧。

千萬年來，修得慧果的人寥寥無幾，原因在於習氣的深重，而習氣的根子叫三毒：貪、嗔、癡。這三毒才是生命陷入輪迴的真正負能量。酒色財氣只是三毒的四種外在形式，他們使人生看起來豐富多彩，實際上扭曲變態。有位著名的企業家面對鏡頭侃侃而談：「人生就是折騰，精彩的人生就是要拼命地折騰。」

酒為一種媒介，小飲怡情，大飲傷身，而酒局裡面喝酒既沒有莊子說的那麼自由自在，也不可能像孔夫子那樣守禮，是利益權衡間的博弈，久而成癮，負能量就會越加明顯。色是人生命裡本有的欲望，最大的作用是將簡單的事變得複雜，彼此糾纏，互為中有，一味佔有而導致空虛。金錢是可以安身的外物，適可而止才是明智，過度則為貪。鬥氣是嗔恨心的表達，平等心為對治的第一藥方。

人心裡的毒物根深蒂固，對應到世界的毒也會很難纏。過去帝王搞死亡遊戲，或一把鋼刀、三尺白綾，或一杯毒酒，沒有判凌遲已是留恩。古時常見的毒酒叫鴆酒。

鴆是一種毒鳥，喜食毒蛇，以其羽毛置酒中，飲之立死。明清有鶴頂紅，用另一種毒鳥頭頂的紅羽研末浸於酒中，毒性更烈。還有種牽機酒，人喝了以後，全身蜷曲如弓，南唐李煜就是喝這種酒被宋太宗毒死的。正如一家媒體感歎：

酒雖是斷腸的毒藥，酒毒究竟沒有心毒啊！

天下第一堂會

我認識一位大佬，是京劇超級發燒友，達到了每天無戲不歡的程度，以至於在長安街的某大廈內，專門建了座劇院，作為私家使用。其實在舊中國，比他瘋狂的票友更多，鬧出人命都不足為奇。那時候最時髦的是辦堂會，把名角請到家裡來演出，不僅體面榮光，同時也是一種高級的社交方式。

西元一八八八年八月二十二日，即陰曆的鬼節（七月十五），一男孩出生于松江府高昌鄉（現屬上海浦東），四歲以前母親父親相繼去世，由繼母和舅父養大。十四歲到上海水果行當學徒，不久被開除，但練得一手削梨的絕活，後來加入青幫，逐漸發跡，並由大師章太炎提議，將原名杜月生改為杜月笙。杜月笙生於貧困之家，亂世之中，由底層走黑道後發跡而成為上海灘老大。

作為上海灘老大，杜月笙自己涉黑，卻對自家的八子三女要求甚嚴，絕對不允許他們沾惹黃賭毒。為了家運昌隆，他在老家買地10.5畝，大肆修建杜家祠堂，在一九三一年落成典禮期間，杜請齊了幾乎國內所有的京劇名角，陸續登堂獻藝，同時擺了上千桌酒席，宴請了數萬賓朋，時稱「天下第一堂會」。

杜家祠堂內石坊林立，藏書幾萬冊，收到屏條書畫不知其數，禮品堆積如山。送匾額的計有張學良、何應欽、徐世昌、曹錕、段祺瑞等，蔣介石送的是「孝思不匱」，班禪活佛的則為「慎終追遠」，不少外國人也跟著錦上添花。那幾天堂會風光無限，主事的分別為黃金榮、虞洽卿及張嘯林等幾位大佬。不過，最出彩的還是京劇名伶的大會串，杜月笙的如夫人姚玉蘭曾是京劇名伶，對於此次堂會，決心「要麼不辦，要辦就天下第一。」

當時，整個中國都轟動了，四大名旦梅蘭芳、荀慧生、程硯秋、尚小雲分別從各地趕來，楊小樓、馬連良、周信芳、金少山及李萬春等57位名伶，連場獻藝，外面的人都來瘋了。三天來，每次開飯一千桌左右，每天要開四五次，算起來，一天就近五千桌酒局，新朋舊友、三教九流，吃不盡的山珍海味、喝不完的世間美酒，盛況一時無兩。最後一天的壓軸戲，是四大名旦合演的《五花洞》，同時宴請萬餘名賓客，用八人一桌的八仙桌，擺了一千二百多桌酒席，上海報界稱為「古今天下第一酒宴場面」。

唯一拒絕來滬的名角是余叔岩，余與梅蘭芳、楊小樓齊名，被譽為「菊壇三大魁元」。

杜月笙對余很看重，派專人專程赴京登門去請。余托詞不來，這明擺著就是不給青幫、杜月笙的面子，於是青紅幫威脅說：「這次不來，以後甭到上海了！」余則頂了一句：「不來就不來，我又不愁沒飯吃！」

余叔岩堅拒一說他確實有病，一說他瞧不起流氓出身的暴發戶杜月笙。余叔岩未出席是美中不足，杜月笙耿耿於懷，留下遺憾。

不過，余叔岩的弟子孟小冬是杜的紅顏知己，後來孟說師父的確是有病在身。一九四九年去香港前，杜月笙買船票，派人給孟小冬送了一張，孟拒絕說：「我算他的什麼人啊！」杜當即從病床上爬起來，第二天與孟小冬拜了天地，然後五月一日一起離開上海。

其實，蔣介石一直想拉攏杜月笙去臺灣，但杜深知黑社會就是政客們用的尿壺：內急了，使一下；用過了，踢到一邊；用壞了，肯定被拋棄。到了香港，杜月笙很客氣地拜了碼頭，把道上兄弟欠的錢，一把火當著他們的面全燒了，徹底斷了江湖恩怨。一九五一年八月十六日，杜在香港病逝，他留給女兒的話，卻成了某種經典：

「不抽煙不喝酒的男人一般靠不住，不可託付終身。」

桐葉封弟

有一年我去太原，參加了一個朋友孫子的十二歲生日宴會。那場面，好傢夥，有一百幾十桌，煤炭界的大佬來了近一半。我恰好隨身帶了一本《黃金屋》，就在上面隨緣了幾句話，倒也皆大歡喜。最近十來年，山西、內蒙古一帶很流行給兒孫慶生，一是開鎖還願，二是祝賀成為少年，由於攀比，場面越來越隆重。

周武王死後，年幼的兒子姬誦繼位，為周成王，由叔叔周公旦輔政。有一天，他和弟弟叔虞一起玩耍，姬誦隨手撿起了一片落地的桐葉，剪成玉圭形，送給了叔虞說：「唐國在叛亂，我封你去那兒做諸侯。」隨行的史官把這件事報告了周公，一問姬誦，回答是說著玩兒呢，周公卻說：「天子無戲言啊！」這就是「桐葉封弟」的典故。

叔虞長大後，把唐國治理得井井有條，他的兒子燮繼位，因為境內有晉水，便改國號為「晉」。其後人晉文公、晉襄公等都是叱吒一時的人物，晉國一直是中原霸主，西抗強秦、南抵大楚、東對齊國、北壓幽燕。可惜到了春秋末期，王權旁落，其朝政由六家宗族把持，後來最大的智家又滅了兩家，與韓、趙、魏合稱四大家族。

智家老大智伯是位梟雄，他先是趕走晉出公，擁立了一位晉哀公，獨攬國政，對外也取得幾次軍事勝利。但他過於剛愎自用，一直對三家採取壓制政策，而非分化瓦解。在「蘭台酒局」上，喝到深處時，智伯戲弄韓家老大韓康子韓虎，稱之為「列國三虎」，一旁的家臣段規抗議這種起外號的方式太過分了。智伯用手拍著他的脖子說：「你知道什麼？來這裡饒舌！三虎吃我剩下的，你連也輪不到。」言畢大笑。段規敢怒而不敢言，韓虎佯醉，閉目應曰：「智伯之言是也。」即時辭去。

由於家族們擁兵自立，對鄭作戰只取得了階段性勝利，慶功宴上，智伯幾次指責趙家的繼承人趙無恤，逼著人家喝酒不說，還仗著酒勁兒，將酒罎子砸了過去。趙家家臣們群情激憤欲拼命，被趙無恤攔住：「父親選我接班，就是因為我能夠隱忍，算了吧。」

過了段時間，智伯得寸進尺，假公濟私地讓三家各交出百里土地和戶口，韓家魏家捏著鼻子辦了，趙家卻又一口回絕。於是，智伯聯合韓魏來打，把趙家圍困在晉陽，就是今天的太原。打了兩年多，智伯想出了水淹的妙計，可是卻說了他這輩子最愚蠢的一句話：以後誰不服便淹死誰。韓魏兩家本來就兔死狐悲，恰巧趙家派老朋友來離間，頓時形成了趙韓魏三家聯手的局面，智伯措手不及被殺，智家也瓦崩土解，餘部退出了晉國。

西元前四〇三年，韓趙魏三家打發使者上洛邑去見周威烈王，被正式冊封為諸侯。韓國設都城於新鄭，趙國設於邯鄲，魏國設於開封，均成為中原大國，加上秦齊楚燕四國，合稱七雄，開創了歷史新紀元——戰國時代。

智伯死後，頭蓋骨被塗漆，製作成了趙無恤的酒杯。智伯家臣豫讓萬分悲憤，立誓報仇。他先是改名換姓，到趙家做雜活，但因暴露被捕。趙無恤覺得其忠勇可嘉，就把他放了。但豫讓仍不罷手，以漆塗身、吞吃炭塊，使嗓子變啞，完全改變了本來面目。一天，豫讓埋伏在一座橋下欲行刺，可惜天不助之，又遭擒獲。趙覺得奇怪，以前豫讓也做過家臣，可為什麼獨對智伯如此？豫讓說，以凡夫待我，凡夫回之；以國士待我，國士報之。然後他要了趙無恤的外衣，拔劍跳起，對著衣服連刺十幾下後，仰天大呼，自刎而死。豫讓橋至今尚在，唐人有詩記曰：

豫讓酬恩歲已深，
高名不朽到如今。
年年橋上行人過，
誰有當時國士心。

俠士還是能臣

對於當老闆的來說，好的助手可遇不可求，尤其是分管業務和行政的助手。但根據我的經驗，業務老總最大的毛病是將在外君命有所不受，喜歡搞自己的體系；行政老總愛裝孫子，只要把老大伺候明白了，別的在他眼裡都不重要。所以，任何一位老闆都喜歡有大局觀的手下，最好同時具備廉頗的勇、藺相如的忠。

藺相如出身低微，原是貴族繆賢的舍人，他第一次登上國際舞臺，是出使秦國。當時強秦統一天下，需要一個國寶，秦王就看上了落在趙國的和氏璧，於是要求拿城換之。趙國明知山有虎，也只能深入虎穴。在秦宮，藺相如看著和氏璧被傳來傳去，就說它有瑕疵。一拿到手上便反客為主威脅秦王：和氏璧在我這兒了，交換的城市在哪兒呢？如果敢強搶，我寧可與玉一起撞個粉碎。

秦王覺得我的地盤我做主，習慣了強搶硬要，他哪承想，藺相如悄悄派人把和氏璧送回了國，然後大大方方地對他說：秦是甲方，趙是乙方，作為弱者，乙方有權利請甲方先交易，先割說好的十五城。縱橫捭闔的秦嬴政還真拿這個山西人沒辦法，只好把這個刺兒頭禮送回國，成全了對方的「完璧歸趙」之舉。

過了一段時間，秦王又想出一麼蛾子（壞主意、鬼點子）——請趙王來澠池相會，這就是著名的「澠池酒局」。趙王本來有些害怕，後來商定，廉頗率大軍駐守邊境，藺相如來做陪同。兩位大王都挺能喝，喝至半酣，小時候在趙國流浪過的嬴政故意要求道：「聽說您喜愛音樂，就給我彈彈瑟吧。」趙王剛一彈完，一旁的秦國史官馬上記下來：某年某月某日，秦趙兩國澠池會盟，秦王命趙王彈瑟。

趙國君臣見狀臉色都變了，這時藺相如不知從哪兒弄了一隻瓦缶，跪到秦王身邊，請他敲擊：「如果大王不肯敲缶，我就讓你血濺五步！」沒有辦法，秦王只好敲了一下，藺相如馬上命令趙國史官，趕緊寫下秦王為趙王擊缶的事實。秦國人也沒閑著，喊著說：「請趙王用十五城為秦王祝壽。」藺相如針鋒相對，請秦國獻出咸陽城。這酒喝得跟一場娃娃鬧劇似的，可一直到最後，秦國始終沒有占到半點兒便宜。

回國後，藺相如的威望達到了頂峰，這使很多老臣開始不舒服起來，廉頗更

是指桑　槐，揚言要教訓教訓這個只會搬弄口舌的傢夥。有幾次廉頗途中相遇，藺相如馬上繞道走，弄得手下人很不爽，主子這麼窩囊，下人以後怎麼混？所以都快準備另投明主了。藺卻笑著跟他們說：「你們覺得秦王厲害還是廉將軍厲害？」然後道，「我連秦王都敢血濺五步，難道會怕廉頗？秦國不敢打趙國，是因為趙國有我和他，我們兩個不和，趙國不就完蛋了嗎？」

廉頗聽說了這事非常慚愧，光著膀子、背著荊條去藺府請罪，也就是「負荊請罪」。可惜的是，後來在長平之戰前，藺相如早一步病死，只剩下一個剛能吃飯的廉頗獨撐局面，趙國紙上談兵之後遭受慘敗。關於廉頗的地位，我請教過一位先秦史博士，他告訴我說：

那時候趙國的行政老大是平原君，藺相如更像俠士，而不是治國能臣。

莫須有

在民間，四件最大的事為婚喪嫁娶，這四件大事的操辦標準也隨著時代發展而變化。比如擇偶，在四五十年前，美麗的標準是雙眼皮，結婚的條件是傢俱有多少條腿；後來，講究胸大　大能生男孩，國營職工最受親睞；現在開始以瘦為美，男方結婚要有房、女方嫁妝得有車；聽說最新的潛規則也出來了：別找單親家庭的孩子，怕父母離異的心理陰影遺傳。

網上有帖子開始批判這種觀點，認為單親家庭更容易造就成功者，還舉出了約伯斯、周傑倫等一長串名人。歷史上這樣的情況也很多，比如孟軻、岳飛及寇準，他們不僅自己青史留名，還讓母親成為家庭教育的典範。與孟母三遷相比，岳母在兒子的背上刻下了「精忠報國」四個大字，應該還是繁體的，這讓今天的文身師都驚歎不已。

岳飛是中國人的武聖，也是愛國者的代言，其事蹟大家幾乎耳熟能詳。我聽過劉蘭芳的《說岳全傳》，知道岳飛母子坐口大缸洪水逃生、沙盤學字、與湯懷牛皋等結義及比武場揚威等段子，至於八百破十萬、大戰金兀朮、討楊麼、王佐斷臂、八錘大鬧朱仙鎮，以及十三道徵召金牌等事情，基本是接近歷史事實的。

任何一段歷史都是一個大格局，個人在其中的角色往往是身不由己的。岳飛的悲劇在於南宋的政治，兩位老皇帝在黑龍江坐井觀天（註3），新皇帝當然不願意把他們接回來，政治畢竟是殘酷的，皇帝也只能有一個。岳飛這種單親孩子一般都比較擰巴（彆扭、偏執），更何況還被母親文了身，在連連打勝仗的情況下，他想的只是青史留名，而沒有顧及到自己老大的真實感受。

秦檜就比較講政治了，他父親是個縣令，自己做過鄉村教師，還流亡過遼國，對世情冷暖體會很深，他還寫過兩句「若得水田三百畝，這番不做猢猻

註3：指金滅北宋，北宋兩個末代皇帝宋徽宗和宋欽宗被金人掠到北方押在五國城，坐在井裡望著天空。此說法多出於民間傳說或演義小說裡。

王」，這可不是梁山泊吳學究能寫出來的。當天下輿論洶洶湧湧的時候，秦宰相始終淡定，因為他深知：只要老大認可，其他都是扯淡。所以，當名將韓世忠質問岳飛案時，他才能輕飄飄地回一句：「莫須有。」也敢惡狠狠地舉起屠刀，將岳家父子殺死于風波亭。

根據史料記載，岳飛的個人品質似乎沒有什麼問題，母親病了，親自嘗藥奉上，死的時候，赤腳扶棺近千里。妻子李氏有次穿了件綢衣，岳飛馬上讓換回粗布，從此她終生不著綾羅。蜀帥吳玠想與岳大帥交好，送去大量金珠寶玉及幾個美女，結果遭到了岳飛義正詞嚴的拒絕，岳飛大小場合都這麼說：先帝還在井裡待著呢，我們得奮鬥啊！哪裡顧得上享受。

岳飛與士卒同甘共苦，很少吃肉食，平時住茅屋軍帳，經常化私為公，補貼軍用，有一位部將貪汙軍餉，被他二話不說給砍掉了腦袋。像他這樣對自己嚴對別人狠的傢夥，其實沒什麼朋友，不怎麼招人待見，倒是文人們十分讚賞，佩服他「踏平賀蘭山缺」的豪情壯志。我本人不怎麼喜歡〈滿江紅〉，而是喜歡那首〈小重山〉（註4）。

儘管岳飛的歷史地位極高，說怪話的人也是有的，比如汪精衛就經常說他擁兵自重、軍閥作風等，言外之意很清楚，就是沒有秦檜懂事兒，他這麼說倒是可以理解，因為汪本人比秦檜還秦檜。一次聚會，有位宋史博士提了幾句，說岳飛搞過這樣的酒局：不僅虐待俘虜，還邊喝酒邊拿美人作樂。我較真兒地問了幾遍真假，這傢夥只蹦出仨字：

莫須有。

註4：昨夜寒蛩不住鳴。驚回千里夢，已三更。起來獨自繞階行。人悄悄，簾外月朧明。白首為功名。舊山松竹老，阻歸程。欲將心事付瑤琴。知音少，弦斷有誰聽？

歷史就是局

日本人與老美談判，總是一副謙恭的樣子，第一遍聆聽、第二遍學習、第三遍請教，口乾舌燥之餘，失去耐心的美國人往往會失去主動。中國人在大型商務談判中，會適機安排酒局。酒會基本決定著最後結果。中國商務酒局的規矩是雖然雙方閉口不談業務，但攀緣論交、坐而論道，裡面自有玄機，高手們都清楚：最瞭解你的人，正是你的對手。在這裡以酒為媒，無酒不成局，歷史上這類的酒局中，首屈一指的當屬曹劉之間的青梅煮酒。

我讀三國，小時候關心的是誰最能打；青年時期在乎誰當皇帝，對曹孟德不稱帝，一直心存有疑；再大一些，感興趣於機謀用心；快知天命了，才開始咀嚼「英雄」的含義。曹劉都是英雄人物，這一點經過辛棄疾的決斷，早成歷史共識，就是「胸懷大志，腹有良謀，有包藏宇宙之機，吞吐天地之志者也。」

在白門樓，劉備對曹操說的一句話：「難道您沒看到丁原和董卓的下場？」

（註5）要了呂布的命，這種以明槍代替暗箭的做法，惹得當時眾人警覺；來到許昌後，劉備撈到一頂皇叔的高帽，還與馬騰、董承等人勾搭連環，所以，曹營參謀總部一直進言除掉他。好在老劉不光會賣鞋，還能種菜，整天光腳戴帽地伺候莊稼，弄得對手狗咬刺蝟而無從下口。

曹孟德注釋過《孫子兵法》，還發明了圍棋的基本定式「無憂角」，是做局的大家。春花落時，他突然派許褚請劉備喝酒，小亭之內，樽以盛酒，俎以盛肉。其實他早有預謀：盤子裡放著青梅，一見面，曹就講了一個「望梅止渴」的故事，為酒局定下了基調：對於得不到的東西，不要妄想。但盛年的他很想「攬天下之士為己所用」，真正收服劉關張。

喝至半酣，烏雲密佈要下雨了，天外還起了龍捲風，曹孟德開始拿「龍」來說事，得勢的龍可以興雲吐霧而飛騰宇宙；失勢之時，隱介藏形於波濤之內，然後讓劉

註5：丁原、董卓都曾是呂布的義父，都被呂布殺了。劉備的意思是呂布是個忘恩負義的人，如果你救了呂布，日後會怎麼樣，你看著辦吧。

備舉出龍之為物的當世英雄。老劉心裡跟明鏡兒似的，裝傻到底之餘，也想探探老曹的底兒。試探結果是，袁氏兄弟、劉氏宗室統統不在話下，張繡張魯等草莽也都不過是碌碌小人，當真是躊躇滿志、霸凌天下。其中，最深刻的一句是他對袁紹的評語：「幹大事而惜生，見小利而忘命。」古往今來，多的是這樣的西貝貨啊！

說到這裡，劉玄德已經是悠然神往了，忙問：「誰可當之？」曹操先指他，後自指說：「今天下英雄，惟使君與操耳！」這話說時，比恰巧響起的迅雷還猛烈，老劉驚得勺筷都掉地上了，好像偷看女人洗澡被抓了現行一般。但這條龍擅長的正是裝×，借著雷聲，劉從容地撿起勺筷，自嘲道：「一震之威，乃至於此。」曹操笑問為何怕雷？他卻很淡定地解釋說，孔聖人都這樣，何況我乎？真是隨機應變信如神啊！

酒局的結尾也很妙，關張仗劍闖入，說了些舞劍助興的話，曹孟德大度地一笑而過：「今天又不是鴻門宴，取酒給樊噲壓驚。」最後放過了三兄弟。

整部《三國演義》其實就八個字：合久必分（魏蜀吳代漢）；分久必合（晉一統三國）。其閃光之處全在於對鮮活的人物和事件的描寫，書中創造的成語、俗語和典故就不下百個。煮酒論英雄是上部書關鍵的軸，不僅承上，而且啟下，曹操沒殺劉備是由天時地利人和決定的，更離不開自身的英雄主義情懷，曹操非不可，乃不屑也。

曹劉相比，絕不在一個檔次上。曹孟德的琴棋書畫、手段胸懷，影響何止中華，全球的崇拜者都不知有多少，治國平天下不一定是自己成為九五之尊，而是建立穩固的統治秩序和國家倫理。劉備是個破落貴族，憑著中山靖王的幾絲血脈，借仁義之名，在亂世中堅韌不拔，取劉表劉璋而代之，以荊益二州建立了蜀國。

青梅煮酒會上，劉備不僅不受曹公的大度感召，反而變本加厲，聯合首都警備司令、西北軍區司令等反對力量，陰謀政變，指使太醫吉平下毒謀害。也算老曹量大福大，逃此一劫，否則中國歷史都要重寫。曹操以青梅待客，既可解渴，又能論道，奈何酒不逢知己，換來了毒藥。所以，什麼是英雄？無非是上位的成功者。這次千古傳誦的煮酒英雄會，還得靠羅貫中老先生自己來圓：

一壺濁酒喜相逢，古今多少事，都付笑談中。

江湖規矩

吃貨

有回聚會，不知怎麼提到吃貨這個詞兒，大家都看著吃得滿頭大汗的一個老胖子，ㄚ跟沒聽著似的忙活，然後很舒服地放下筷子，拍了拍肚皮說道：「吃貨呢，那是專業術語，是指莊家在低價位時買進股票。」我們都一愣，才想起這位是中財院畢業的，這些年一直是炒股專業戶啊。

在座有一姐們巨能幹，老公是大學同學，這些年仗著她，他啥也不幹，挺著四六的，這時她忽然有感而發：「吃貨就是這類人，在家裡賴著，光吃不幹活，連貼補家用的錢都賺不到。」我聽著話茬（口氣、話頭）不對，趕緊打岔：「拉倒吧，吃貨不就是我們這幫人嗎？聽說有好吃的，什麼都不管了，湊到一起就一個字：吃！」

出版社一哥們叼了根煙，慢悠悠地說：「要說吃，那還得說古人，比如說蘇東坡，被發配到了杭州，不光經常發掘美妞，還整出一東坡肉。那麼多好喝酒的，就沒人想到把酒和肉放到一起燒，高人！我這輩子就佩服東坡先生。」老胖子說：「其實東坡肉的做法未必是獨創，關鍵是它塊大，市面上那麼多紅燒肉，就東坡肉最過癮，香噴噴、紅豔豔，一夾一大塊，連肥帶瘦，那才叫過癮。」

我說東坡先生是人尖子，一千年才出一個，但他是美食家，最多算半個吃貨。老北京八旗子弟中，也有那麼幾波人，專門品嘗美味，但不能算吃貨。在我心目中，真正的吃貨是好吃不貴那種的，能夠在千家萬家的館子中發現出好吃的，也能在一家比較平常的飯店，點菜點出不尋常的搭配。

在這幫傢夥的追問下，我介紹了一點個人體會。在特色餐館，一定要點的「廚師長推薦」，別嫌貴，那肯定是絕活，但是過了飯點就別點了，比如說中午一點半、晚上八點半以後，就不要點大菜了，因為那不是大廚做的，都是他的徒弟臨時幫手，火候和味道可就差得遠了。

去外地的時候，我儘量拒絕正式的接待和宴請，一是讓當地的朋友安排土菜，再就是偷偷溜出來，叫一輛計程車，然後說：「師傅，請拉我去一家本地的餐館，不管遠近，必須是有人排隊的那種。」現在各大菜系都推陳出新，光靠名氣是沒用的，關鍵是上座率，例如官園的峨眉酒家，不預定，散台都沒有，而散台又不給預定，所以還是老老實實早點去占座為妙。

做東點菜的學問更大，我的經驗是：在點菜前，背著手在大堂巡視一圈，發現一半以上的餐桌都有那道菜，想都別想，跟著點準沒錯。在北京廣渠門和南禮士路，都有松鶴樓的分號，你們沒事去那轉吧，管飽能見到這麼兩道菜：松鼠桂魚和罎子紅燒肉。這一席話，說得那幫傢夥異口同聲地誇我：

「你丫才是個吃貨！」

不喝試試

一百年前，中國出了個大混子叫李宗吾，這個人學問非常大，但是江湖經驗比學問還大，他憋來憋去憋出了一種學說：厚黑學。其實厚黑學沒什麼新鮮，無非是臉厚心黑而已，本來沒什麼說服力，可他說曹操心黑，劉備臉厚，孫權又厚又黑，只不過黑不過曹操、厚不過劉備，所以三大厚黑高手才維持著三國鼎力的局面。

其實，曹劉孫這三位還有兩大特點：一是始終站在第一線；二是愛喝酒，但有克制。其中，以曹公最為典型。本來上前線就挺危險的，曹公還好酒好色，在淯水搭上了曹安民和典韋的性命不說，還被馬超追得又割鬍子又跳河。好在他也有瀟灑的時候，銅雀臺上橫槊賦詩：「對酒當歌，人生幾何。」誰知道幾何呢？要不是關雲長念舊，恐怕就剩華容道那一何了。

劉備也不是善茬兒，當年他就是一個無照賣鞋的，後來他愣把關張忽悠成兄弟，而且做出一副苦大仇深的樣子，將一幫小弟的妹妹變成了自己的夫人，既加強了團結，也落得了實惠。當初為了孫尚香，他真的做到了樂不思蜀，要不是諸葛亮運籌帷幄，賠了夫人又折兵的恐怕就是劉皇叔了。

很多史學家都對孫堅和孫策誇讚有加，其實孫權絕不是個善茬兒，辛棄疾算是識人的，所以寫下了公允之論：「生子當如孫仲謀，天下英雄誰敵手？曹劉。」我們在讀經典時，一定要細心，孫權長什麼樣？那是紫髯碧眼。什麼情況？那是紫鬍子綠眼睛，按照相書的說法，這種人不是土匪頭子，就是得天下的帝王。

東吳政權只傳了四代，孫皓是最後一輩，前輩的優點他一點兒沒學到，缺點倒學了個十足。此人性情暴烈、貪淫好殺，還淨幹些剝皮挖眼的事。他是個超級酒局愛好者，每次都喝到通宵達旦，無論酒量深淺，一律七升為限，誰不喝灌誰，不管是誰！有個叫韋曜的文官負責寫史，常常減免或以茶代酒。時間長了，孫皓頗不耐煩，直接把他送進了監獄。

灌酒的酒局古已有之，今更甚之。我體會最深的是軍隊，那叫一個嚴格，代酒也就罷了，又是敬禮又是請示，整得人又累又煩。企業家們也好不到哪兒去，老用眼神暗示。我感受最深的是：誰的女秘書不能喝，誰自己吃虧。我有個敬酒詞是：「誰不喝，誰不是人！」後來，天津有位大行行長給借題發揮了：

「誰不喝，我不是人！」

不與女人喝酒

大凡文人都愛酒，這也許是因為古希臘的酒神成為藝術之神的原因吧。千古的流傳，使文人名士與酒的故事成為藝術之源。酒，似乎成了詩畫靈感的源泉。於是，在國人的心中，李白的詩、李清照的詞、張旭的字、曹雪芹的文、吳道子的畫似乎都是用酒這神奇的瓊漿仙露澆灌出來的。因此，聽說喬羽要到荊州來，我的第一反應就是其酒量如何。

值得慶倖的是，喬羽一到荊州，我就與他有了零距離的接觸，並在酒宴上頻頻舉杯互敬。

那是在二〇〇六年四月中旬的一個傍晚，我們七八個人圍坐在荊州城外學堂洲一個農家院的大排檔裡，一邊喝著酒，一邊像朋友似的交談著。一個多小時的時間裡，兩瓶九年陳釀的「白雲邊」便被喝了個底朝天。那頓酒給我印象最深的是，中午剛喝了半斤的喬老爺子晚餐又喝了三四兩，卻一直嚷嚷著沒喝好。但他老人家已年屆八十，誰還敢滿足他的酒癮呢？

此後的幾天，我又一連陪喬老爺子喝了好幾頓酒。推杯換盞中，得知煙酒茶早已不能離其左右了。喬羽酒齡六十來年，長年嗜酒在他的臉上和身上留下了不可磨滅的印記。年屆八十的喬老爺子滿臉皺紋，有一雙睿智的眼睛，架一副金絲邊眼鏡，儒雅風流，瀟灑倜儻，時而發出朗朗的笑聲。他能喝善飲，自稱「打遍天下無敵手」：「什麼樣的酒，我都能對付。」一問及喬羽幾十年的飲酒經驗，他老人家語出驚人：不要與女人喝酒！

不要與女人喝酒！喬老爺子為何會出此言呢？

歷史的經驗告訴我們，一般來說，只要女人敢端杯，男人就只能投降了。喬老爺子的感慨當然也是有著「血」的教訓的。

那天，他一邊抽著煙，一邊回憶在他八十年人生旅途中的幾次醉酒經歷，幾次都與女人有關。

第一次醉酒，發生在二十世紀五十年代。那時，風華正茂的喬羽先生正住在長春電影製片廠那棟頗有知名度的小白樓，為電影廠正在拍攝或即將拍攝的電影插曲寫歌詞。在這裡，他邂逅了一位當時頗有名氣的香港電影明星——這個被他稱為中國第一美女的同樣風華正茂的女明星，當時隨劇組到吉林拍攝雪景，也住在長影廠的小白樓裡。兩個年輕人郎才女貌，在不知不覺中成為這次酒宴的主角。五六十年過去了，喬老爺子已記不清當年是怎樣喝下第一杯酒的，也記不得喝了多少酒、是怎樣喝醉的。但銘刻在他心裡的是女影星美若天仙，燦爛的笑容和從她那櫻桃般美麗的口中輕輕蹦出的兩個不容置疑的字：乾杯！真應了那句「酒不醉人人自醉」的古語，年輕的風流才子喬羽，面對著「美得驚人」（喬羽五十多年後對那位女影星的評價）的香港女影星，無可救藥地大醉了一場，在那小白樓裡整整躺了一天一夜！

俗話說，吃一塹，長一智。可年輕瀟灑的喬羽並未如此。過了兩三年後，他仍在長影廠的小白樓裡，又一次在酒桌上敗倒在女人手中。只不過，這回換成了洋娘兒們——兩位三十開外的蘇聯大嫂。

那是一個除夕之夜。小白樓裡洋溢著濃鬱的節日氣氛，正在長影廠改寫劇本的喬羽應邀參加了宴會。席間，吉林省委宣傳部部長提議，請「喬羽同志」打通闞，與參加宴會的一百多位嘉賓一一「過招」。豪爽的喬羽立即回應，依次出拳。那間，猜拳聲不絕於耳。三局兩勝者為贏，輸者飲酒。一圈下來，精於劃拳的喬羽竟以一局未敗的戰績滴酒未喝地回到自己的座位。

誰知，喬羽出神入化的猜拳技藝引起了兩位蘇聯女同志的注意。當喬羽得意揚揚地回到座位上時，受到了兩位蘇聯少婦的挑戰——她們在舉著大拇指稱讚的同時，提出要與喬羽一比高低。年輕氣盛的喬羽當然不會在女人面前低頭，更何況他根本就沒有把不懂劃拳的蘇聯女人放在眼裡。於是，「悲劇」再一次重演。酒量了得且劃拳技藝超群的喬羽居然敗給了兩位蘇聯大嫂。不懂劃拳，僅僅只會用漢語數一二三四五的蘇聯女人硬是笨拙地出著拳，將酒仙喬羽先生灌得大醉了一場！

也許是因為年輕，也許是因為酒量過人，三十來歲的喬羽仍然沒有把這次醉酒放在心上。不久，他再次遭遇了酒場上的滑鐵盧，第三次敗倒。

俗話說，事不過三。但三次醉酒後的喬羽端起酒杯來，仍然那麼豪爽。

幾天來與喬羽的接觸，使我逐漸理解和悟出大作家王蒙所說的「自古文人愛美酒，酒中自有詩千首」「有酒方能意識流，人間天上任遨遊」，以及「神州大地多瓊液，大塊文章樂未休」的意境了。喬羽被譽為「詞壇泰斗」，他創作的歌詞也不可能不寫到酒。比如，在〈我的祖國〉中就有「好山好水好地方，條條大路都寬敞，朋友來了有好酒，若是那豺狼來了，迎接它的有獵槍……」。央視《夕陽紅》欄目的主題歌更是把夕陽比作陳年老酒。這些歌詞中不乏對酒的讚美和回味，使歌曲久唱不衰，億萬聽眾為之傾倒。這真是：

「無官無財常樂，有詩有酒真歡。」

這是掛在喬羽書房的一副對聯，既是一個「知足者」的幸福觀，也是「詞壇泰斗」現實生活的真實寫照！

這五天，我有幸陪喬羽喝酒，聽他講與酒有關的故事和他的人生、他的創作故事。在不斷的乾杯聲中，我漸漸讀懂了喬羽。

五魁手啊，哥兒倆好

除了四大名著，我就最喜歡《東周列國志》了，但此書因版本問題未能位列其中，有些可惜。書讀三遍，其意自現。年輕時我所關注者，多王侯將相之建功立業；世事滄桑，而今多以飲食男女而視之，反越讀越覺好玩兒，順取一例，與君同賞。

話說春秋時期鄭國靈公的時候，鄭國的大臣子家和子公去拜見鄭靈公。在宮殿外面候著的時候，子公的食指突然動了一下。子家很好奇問他怎麼回事，他說：「今天有美食吃了。」子家問其緣故。他說：「我出使晉楚的時候，這個指頭就動了，於是我吃到了石花魚與合歡橘。我這食指很神奇，它一動，就表示我有美味吃了，很是靈驗。」

兩人到了鄭靈公那兒一看，果然，鄭靈公正喝楚國贈送的黿　。子家和子公相視而笑。鄭靈公問二人笑什麼。他們就把剛才子公食指大動的事跟鄭靈公講了。鄭靈公聽後冷冷一笑。

不一會兒，廚子端上一大鼎熱氣騰騰的黿　。內侍邀請諸大夫們入席而坐就餐，並分發每人象牙筷子一雙。這一大鼎　由下席開始派起，恰到第一席的第一個位置公子宋（即子公）時沒有啦。鄭靈公大笑道：「寡人遍賜諸卿，偏偏到了你這兒沒有了，怎麼樣，你的食指應驗了嗎？」子公惱羞成怒，伸手到鍋子裡蘸起肉汁嘗了一下，說：「臣已嘗矣！食指何嘗不驗也？」就揚長而去了。這樣君臣反目，不歡而散。

子公擔心自身難保，所以一不做二不休，隨後陰聚家眾，趁鄭靈公秋天祭祀前一天齋戒獨宿的時候，用重金賄賂了他身邊的人，然後派人半夜潛入殺死了鄭靈公，並托言「中魔暴死」。鄭國大亂，子公最終也被殺，暴屍於朝。

記得東北一親屬任當地公安局長。他說，他們下邊的一個鄉有兩個親兄弟因喝酒爭執，弟弟抄起桌邊的一把斧子，當場砍死哥哥。弟弟當然也要償命，唯遺一守寡老母淒淒慘慘，苟活於世。嗚呼哀哉！

龍有九子，子子不同；人有五指，高低不一。哥們兒弟兄酒酣耳熱之時，你好我好；偶有過節，言語衝突，刀兵相見的，並不見少。飲食之道乃平常事，所以反目為仇，無非嗔心作怪。尤其老大老二之間，一則當各安其位，二則當相依互存，切忌爭風鬥狠，兩敗俱傷。古為今鏡，對食指大動之禍，當慎之又慎！

找死

太平天國的基業原為洪秀全和馮雲山所創，燒炭佬楊秀清等是後來加入的。拜上帝教初起不久，馮雲山入獄、洪秀全外逃，楊趁機上演了一出「天父下凡」的把戲——假裝天父附體。後來，由於上帝有了耶穌為長子，洪秀全就自封為天父二子，馮雲山為三子，楊秀清為四子，韋昌輝為五子，楊宣嬌為六女，其夫蕭朝貴為帝婿，石達開為七子。只是這些天父的兒女中動不動就來陰魂附體的，唯有楊秀清，別人當時也只有向他跪下，無形中，他就成了大家的爹。

蕭朝貴善講笑話，在洪楊之間大演雙簧。據文字記載，三人時常表演幾齣「賣拐」的好戲。但奇怪的是，蕭朝貴同時又是一個豪邁灑脫之士，為太平軍正任先鋒，他的千古名言是：「成人不自在，自在不成人，越受苦越威風。」如不是過早陣亡，這位雙面性極強的老兄不知能給歷史增添多少戲劇性。

說來也怪，天不怕地不怕的蕭朝貴卻是個妻管嚴，其妻楊宣嬌為太平軍女老大。某日正午，趁蕭朝貴外出，楊秀清與楊宣嬌在家中大肆行雲布雨。不料，大批教徒前來開會，將他們倆堵了個正著。楊秀清不顧尷尬，赤身裸體地做出寶相森嚴狀，並以天父的名義宣佈：「楊宣嬌是吾之六女，吾命四子秀清同臥，乃為天下姊妹贖病也！眾勿疑。」做戲要全套，在後來的歲月中，楊秀清真的在自己長長的封號中加上「禾乃師贖病主」，好像生怕大家忘了這事兒似的。

太平天國南京建都時，馮蕭已死，楊秀清先稱「九千歲」，後稱「萬歲」。沒辦法，這樣一來洪秀全只能當「萬萬歲」。有一次，洪秀全穿木屐猛踢宮妃使之流產，而被「天父」重責四十大板。當時科考的題目為「四海之內有東王」，可以看出當時兩人已勢成水火。

韋昌輝心計極深，楊秀清越防範他，他越服從；越打擊他，他越獻媚。其他幾王也和韋昌輝一樣，多遭楊秀清的杖責，對楊秀清的刻薄狠辣多有怨毒。石達開一則討厭楊秀清的裝神弄鬼；二則認為楊秀清做得太過，危害大局；三則有取代之心。如此一來，楊秀清已成諸王公敵。

動手之時，石達開十萬大軍觀望不動，韋昌輝僅率三千子弟兵從江西返回天京。兵貴神速，韋昌輝手持洪秀全的權杖騙過東王府衛兵，直入寢室，砍下楊秀清的首級，可謂一刀了斷。為了斬草除根，他們再施苦肉計。洪秀全將韋昌輝和秦日綱鎖上鐵鏈，跪在天王府前等待處死，請東王兩萬多親隨前來觀刑。一位愛爾蘭傳教士詳細描寫了這場慘絕人寰的屠殺：血流漂杵，長幼不留！

天京之亂後，韋昌輝擺下了一個酒局，請石達開前來北王府用餐。此時，東王、西王、南王都感覺肉湯味道不對，韋昌輝答曰：「此楊羹也，畜養數十年，肥甚矣！其味如何？」石達開怒其殘忍，連夜縋城而出，但他的全家滿門均被抄殺。後來石達開率城外十萬西征軍，回京「清君側」。洪秀全丟卒保車，擒韋昌輝以告慰，將其五馬分屍後，寸肉割之，上標：「北奸肉，只准看，不准取。」石達開憂憤之下率軍自圖，在大渡河全軍覆沒。

經此一亂，太平天國元氣大傷，精英盡失。洪秀全頒令：非洪姓不得稱王。他自己率幾萬婦女兒童躲進了天京城內，不問世事。幾年後，天京被曾老九攻破。

俗話說：天作孽，猶可存；自作孽，不可活。許多無德多才之人在一般情況下最多只是找事，一旦他們極度膨脹到不可一世之時，往往就會——找死！

當如孫仲謀

我認識的一位全國地趟刀冠軍改行做了酒店經理。此人做事上手很快，朋友也很多，一位算命先生見他後，誇他面相非凡，說是標準的五短身材。我說不會吧，電視導演可是差點兒請他演矮腳虎王英的，先生笑著說那就對了，否則，貌美藝高的一丈青哪兒能被他獨佔鰲頭，然後對我耳語說：「說是五短，那玩意兒可一點兒不短，不信你問問？」席間又聊起來，先生說那人可不好用啊。不久，那小子惦記賺大錢，連人帶車一起消失無蹤了。

三國前期，隨著利益槓桿忽高忽低，劉備與孫權的關係也變得更加微妙，劉備曾為孫權向漢獻帝上表請功，末了還捎帶一句：「孫車騎長上短下，其難為下，吾不可以再見之。」（註6）意思是身材上長下短的人只能當老大，絕難成為別人的好手下，所以我可以推薦，但您不能再見到他了。後來，老劉娶了人家妹妹，立馬開溜，果真終身不見。

孫家父子據說為兵法家孫武的後裔，孫權十八歲坐領江東，赤壁大戰中擊敗曹操，初定天下三分局面。對劉備集團，孫權先是殺關羽奪回荊州，再火燒七百里，將老敵手活活氣死在白帝城，但孫權也始終克制在底線之內，保持雙方對曹魏的力量均勢，另一方面他又不斷擴充疆土，並把臺灣島納入版圖，成就千古功勳。

曹操的孩子個個出類拔萃，但他對孫權仍是羡慕嫉妒，恨言道：「生子當如孫仲謀，劉景升兒子若豚犬耳！」（註7）這話真還說著了，兒子曹丕與孫權總是差了一點兒：他射殺老虎，而人家活捉了老虎；曹魏坐失良機，東吳連敗西蜀；想漁翁得利，反蝕把米，曹丕只有望江興歎，回國搞自己的文學工作去了。

其實論才情，孫權遠不是曹丕曹植曹沖哥們兒的對手，但他是第一代領導人，征伐數年，不知多少次化險為夷，戰爭中的直覺與魄力是第二代無論如何也

註6：出自《裴注三國志》卷三十二《蜀書・二先生傳第二》中的批註。

註7：劉景升，即劉表。建安十八年（二一三年），曹操率領四十萬大軍進攻濡須口，孫權率兵七萬抵抗一月有餘，於是曹操發出了這樣的喟歎。

學不來的，這正是曹操劉備許之平起平坐的主要原因。不過以接班人的標準，多年跟隨父親參贊軍務的曹丕又勝過劉禪、孫亮多矣！

孫權稱帝以後，大擺「吳王宴」，文武百官輪番敬過，各敘功勞，君臣皆歡。即將結束時，孫權起身一一回敬。騎都尉虞翻見杯子太大，乾脆假裝喝多，趴在座位上躲了過去。孫權這一圈也喝得夠嗆，迷迷瞪瞪地喊著過癮，忽然發現虞翻沒事兒人兒似的又坐了起來，當時勃然大怒，掄起寶劍就準備殺人，幸虧臣下冒死抱住。酒醒後，孫權暗自後悔，對身邊的人叮囑道：「再有酒後殺人的事，千萬要阻止我。」

古時候的筵席是酒局和卡拉OK混在一起的，可一邊飲酒，一邊歌舞，輪流著來，還有獻歌賦湊趣的，一喝就是通宵達旦。有回在武昌臨釣台，老孫已是大醉，見別人更不行了，就派人用水去潑，並宣佈：「今日不醉不歸。」首輔張昭聞言，徑直離席而去。孫權非常尊重這位老臣，派人解釋說今兒高興，張昭卻說：「紂王每次喝酒也不是為了高興？」聽了回話，孫權立即下令散席。

魚藏宴

春秋五霸有好幾種說法，公認的為儒家排出的齊桓公、宋襄公、晉文公、秦穆公和楚莊王，比較有爭議的還有兩位盟主是吳王夫差和越王勾踐，這二位生死對手競爭的最大結果，是中國南部的重心由長江中游向下游轉移，讓江蘇、浙江正式進入歷史大舞臺。而這一切都是夫差的老爸闔閭（註8）一手締造的。

公子光（即闔閭）這個人一直被世人低估，人們過多地聚焦了他的搭檔伍子胥，其實他才是主角。這哥兒倆不僅修建了蘇州城，還創造了當時攻佔敵手都城的先例，把楚國的祖墳都給刨了。要知道吳軍的統帥叫孫武，正是《孫子兵法》的作者。他們導演了很多活劇，最精彩的當屬「魚藏宴」，設局殺死了吳王僚，奪回了吳王之位。

註8：吳王闔閭（？—前四九六），姬姓，名光。春秋末期的霸主。

吳國世襲王位的傳統是傳弟不傳子，到了吳王夷的時候，王夷跳過了哥哥諸樊的兒子公子光，把王位給了自己的兒子僚。公子光什麼人啊，野心大、眼光毒、手段狠，發誓要把屬於自己的東西奪回來。楚國跑來的伍子胥為了報家族之仇，玩兒命地幫助公子光，推薦了殺狗的屠戶專諸做刺客。那天，專諸正和人打架，媳婦出來一吼，他乖乖地就回家了，別人以為他是怕老婆，其實他是事母極孝，怕老娘擔心而已。

伍子胥與專諸八拜為交，和公子光見天兒往人家裡跑，極盡恭敬和籠絡之事，專母心知肚明，為了不讓兒子牽掛，自縊而死。專諸葬母后，特往太湖學了三個月的廚藝，專門練習炙魚。某日，公子光入見王僚，說家裡來了位大廚，燒的魚獨步天下，請他前來品嘗。

到了那天，公子光內伏密室甲士，外約敢死隊，而王僚也不含糊，身穿三重盔甲，帶了大批武裝部隊。哥兒倆表面上親親熱熱，推杯換盞，家事國事一通聊，酒過數巡，公子光說腳痛難忍，藉口出去裹緊，便躲了起來。過了一會兒，專諸赤膊跪地以膝蓋前行，手捧魚盤前來獻「梅花鳳鱭炙」。低頭行至座前，忽地從魚肚子裡抽出匕首，猛刺王僚。這把匕首來頭很大，為歐冶子五劍（註9）之一的魚腸劍（也叫魚藏劍），果然力透三重，將王僚刺死當場，專諸也頃刻之間被砍為肉醬。公子光見狀，令伏兵齊出，順利搶得政權，他也成了吳王闔閭。

王僚的兒子慶忌為吳國第一勇士，躲到衛國招兵買馬，伺機報仇。闔閭和伍子胥照方抓藥，定下了苦肉計。這次的刺客叫要離，雖瘦小醜陋，卻智勇雙全，是著名的劍客，一日應召與闔閭鬥劍，用竹劍刺傷了其手腕，假裝怕吳王問罪，取劍斬下了右臂，隨後出宮投奔慶忌去了，闔閭則依計殺掉了他的妻子和兒子。

消息傳開，慶忌對要離深信不疑，委以左右。不久，慶忌領軍乘船回吳，準備決一死戰，結果在途中遭到了要離暗算，被一矛刺穿，慶忌返身一把抓住要離，大頭朝下地浸入江中三次，又放在膝上笑著說：天下真有敢殺我的人啊！並下令放過要離，言道：「豈可一日而殺天下勇士二人哉！」隨後拔矛喋血而死。

註9：歐冶子，春秋戰國時期越國人，是我國古代鑄劍的鼻祖。五劍，分別為湛盧、純鈞、勝邪、魚腸、巨闕。

要離拒絕封賞，在金殿自刎而死，以謝慶忌知己之恩。江南豪士於是名動天下。

闔閭會盟蔡唐兩國，僅十天攻破了楚國國都郢，幫助鐵哥們兒伍子胥鞭屍報仇。後來在伐越的戰鬥中，被斬落大腳趾，不久而死，死前囑咐兒子夫差和伍子胥，一定為自己報此深仇。

據說夫差將工匠一起殉葬，這也是他們家的傳統。闔閭在女兒死後，大為厚葬，隨葬了大批金銀財寶，送葬那天一路舞著白鶴，吸引了上萬看熱鬧的人，到了墓地，闔閭連人帶鶴都趕入地宮，一起給埋了。

酒量隨心

在酒場上，我應該屬於「酒精考驗」型的，據朋友們講，我的酒量算是大的。其實，說一個人的酒量大小，是個大概說法，對不好飲酒的人來說，酒量大小起伏會很大，對酒客而言，能喝多少白的、紅的、啤的，包括搭配著喝，能喝多少，他們大致心裡是有數的。

喝酒多少分主客觀兩種情況。客觀指體質，不同的體質喝不同量的酒。因為酒量大小取決於酒精在人體內分解的速度，這種分解主要靠兩種酶：乙醇脫氫酶和乙醛脫氫酶，前者在每個人的體內數量都差不多，把酒精分解成乙醛；後者再把乙醛分解成二氧化碳和水，每人兩種酶的數量越多分解力就越強，也就更能喝。

主觀情況與人的情緒及環境有關，悶酒傷人就是這個道理。一個好的酒局氣氛熱烈，無形中對酒精的分解能力也強，很多酒徒喝得手舞足蹈，其實也是這個道理，因為這樣更能解酒。

齊王論酒而聞名于史。《滑稽列傳》裡有個淳于髡，為人十分通達，替齊國辦了好些大事，更以為

「髡」是先秦時的一種刑法，指剃掉頭頂周圍的頭髮，以此為名，可見髡社會地位之低，另外，他還是入贅齊國的女婿。淳于髡身高不滿七尺，滑稽多辯，多次出使諸侯國，不辱使命。有一次，他出使楚國，對方像百年前對待晏嬰一樣，嘲笑他人模狗樣，他一點兒也不繞彎子，目視楚王說道：「特長沒有，只有腰中七尺劍，可以斬殺無狀之王。」楚王只有惶恐道歉。

還有一回也是去楚國，給楚王進獻一種黃鵠，結果中途那隻鳥飛走了，淳于髡托著空籠子，前去忽悠楚王說：「齊王派我來獻鳥，路上不忍心黃鵠乾渴，放出喝水時，不料這畜生卻飛走了。我本想剖腹或上吊來謝罪，又怕士大夫非議大王重獸輕人；買個替代品很容易，但太不誠實；想逃到別的國家，恐怕影響齊楚兩國關係。思前想後，還是前來服罪認罰。」楚王大笑說無妨無妨，還用厚禮賞賜，比進獻的黃鵠還貴重。

諸侯國之間的關係像孩子的臉一樣，說變就變。在桓公稱霸之後，齊國日漸

衰落，有一次楚國大軍壓境，群臣均束手無策，齊威王不得已，獻禮十駕車馬、黃金百斤，讓淳于髡去趙國求援。那時候的黃金其實基本是黃銅，淳于髡拿到禮單，笑得連帽纓都掉在地上了，他說道：「我來的路上，看到了一個農夫在祭神祈福，求這求那的，只供了一個豬蹄。現在越回想越想笑。」齊王知道這是指桑槐，馬上改為黃金千鎰、白璧十雙、車馬百駟。趙國果然出兵解了圍。

危機解除了，齊威王舉辦盛大的慶功宴，發現淳于髡很能喝，便問：「先生平素你喝多少才醉呀？」回答說：「有時候喝一斗，有時候一石。」齊王感覺奇怪，覺得他在說瞎話。淳于髡說：「像這種宮廷宴，服務人員就站了好幾圈，我喝得膽戰心驚，不用一斗，就醉了；如果親戚來串門兒，敬來敬去，估計兩斗會醉；有朋自遠方來的話，估計得喝半天，五六斗才能醉；最多的是民間聚會，男女搭配、搞點遊樂，我就能喝上八斗；要是喝到深夜，客人散盡，就我留下，與同座女孩子羅裳輕解，我就能喝一石了。」最後，淳于髡總結：「酒極則亂，樂極則悲；萬事盡然……」（註10）齊威王知道這位智者用樂極必反的道理來勸自己，以後果然停止了無休止的徹夜狂歡的酒宴。

以上可見，喝酒往往因事成局，希望通過一次大酒就能結交厚報，未免如農夫不智；同時，酒局的關鍵在於喝酒對象，處置過度不僅失於酒，更失於人。

註10：出自司馬遷《史記・滑稽列傳》。

燒尾宴

我的老家蓋州有悠久的文化傳統，每年升學率都很高，並一直以來保持著每年一名北大和一名清華的記錄，我下屆的一位同學現在正是清華的校長。我1980年接到錄取通知書時，家裡確實有些猶豫，想讓我高三再正式考，因為我是跳級到高二文科班提前高考的，誰知道明年能不能考進北大呢？但校方直截了當地表態：「去念吧。明年還不一定能上這所遼大呢。」

現在孩子們念大學容易多了，家裡也更為重視，一般都要擺酒慶祝，成為正經八百的收禮活動。我家族裡有個孩子考上中專，父親覺得不是名牌大學，另外當時事情太多，不好再麻煩別人。孩子急得滿嘴是泡，找我來說情，我說這是唐朝以來的慣例，不可偏廢，還找人寫了副對聯祝賀勉勵：「鸚鵡能言爭似鳳，蜘蛛雖巧不如蠶。」

據《封氏聞見錄》記載，在唐代長安，士人初登第或升了官級，同僚、朋友及親友都會前來祝賀，主人要準備豐盛的酒饌和樂舞款待來賓，意思為燒尾，並把這類酒宴稱為「燒尾宴」，規模大小因人而異，是中國歡慶宴會的典型代表。為什麼要叫這麼奇怪的名稱呢？說起來可是大有來歷。

第一類含義說，從平民晉升到士大夫階層的人，如同新羊初入羊群，會受到干擾而不得安寧，故需用火燒去尾巴，才能使其安定下來；第二類寓為，人之地位驟然變化，如同猛虎變人一般，尾巴尚在，故需燒掉而保證完整；第三類好比鯉魚躍龍門，用天火燒掉尾巴後，才能成為真正的龍。三類均有升遷更新之意，故名「燒尾」。

在唐朝，「燒尾」還另有一層意思，特指大臣榮升，宴請皇帝以謝上恩。自中宗伊始，到玄宗時盛行了二十餘年。西元七〇九年，韋巨源升任尚書左僕射，依例向唐中宗進宴。這次宴會上了多少道佳餚尚不得知，但僅流傳下來的就有五十八道菜的食單，有主食、羹湯、各色山珍海味及二十餘種糕餅點心，其用料之考究、製作之精細，令後人歎為觀止，單以品質而論，遠遠超過滿漢全席。

例如：「金鈴炙」要求在食料中加酥油，烤成金鈴的形狀；「紅羊枝杖」要用四隻羊蹄支撐羊的軀體，可見要求之高；「光明蝦炙」是把活蝦放在火上烤炙，而不減其光澤和透明度；至於「水煉犢」，則是清燉整只小牛。古往今來，皇帝的筵席還應有「看菜」，即用來裝飾和觀賞的工藝菜，食單裡的「素蒸音聲部」，是用素菜和蒸麵做成一群蓬萊仙子般的歌女舞女，共有七十件，其精美豪奢為今人所無法想像。

正規科舉制始自唐代，平民子弟最大的夢想無非四大喜：「久旱逢甘霖，他鄉遇故知，洞房花燭夜，金榜題名時。」而金榜高中才是真正的鯉魚躍龍門。相傳龍門為夏禹治水時開鑿，每年春季黃河鯉魚溯水而上，在此處屢屢被激流沖下。於是，鯉魚將遊進改為跳躍，迎驚濤、劈駭浪，一躍而上，此時，這種魚會遭到雷電襲擊，將尾巴燒掉後而變身真龍。我覺得，這件事有很好的啟發意義：

高考進入校門，只是躋身龍門的開始；在社會上經過千錘百煉而燒掉尾巴的成功者，才是呼風喚雨的真龍。

孔府家宴

有位朋友前幾年登泰山，完後專程去曲阜禮拜了孔聖人，精神需求滿足了以後，肚子開始叫了起來，於是一行人殺奔孔府宴。坐下來後，光菜單就看了半天，心想這也太深奧了；得，點一桌低檔的五百元套餐吧，吃了好一會兒，愣是品不出滋味兒，太難吃了吧。出了富麗堂皇的餐廳，哥兒幾個四處撒眸，然後開問：

「師父，您這兒哪兒有賣燒肉大餅卷大蔥的？」

兩千多年傳承的孔府資格不亞於帝王之所，是天下士族的聖地，雖然起起落落，始終屹立不倒。到了曲阜，四處是「膳食孔府宴，勝過活八仙」及「不食孔府宴，枉來曲阜遊」等說辭。孔府宴是歷代衍聖公府內的宴席，分為多種：壽宴、花宴、喜宴、家常宴、迎賓宴等，既集魯菜之大成，又薈萃各地佳餚之精華。

各色宴席中，迎賓宴是最高級的，包括滿漢全席，是專門招待皇帝和欽差大臣的盛宴，一席宴有四百零四件造型各異的錫制餐具，可以上一百九十六道名菜佳餚。說起來，滿漢全席與孔府有很大關係。當年孔家小姐嫁給了山東學政阮元，陪嫁的豐厚嫁妝裡就有四位大廚，隨著夫婿遷任浙江巡撫、廣東總督，魯菜與滿菜、淮揚菜及粵菜逐漸融合，在官場漸成主流，後來統稱為滿漢全席，阮元夫婦更是首功之臣。

孔府筵席有兩大特點：其一是吃世代相傳的孔府糕點，講究現吃現烤，一種外用於進貢、饋贈、恩賞，另一種內用為應時、常年、到門、宴席、節用，各類皆獨具特色，花樣繁多；其二是酒品。曲阜釀酒歷史悠久，春秋時期已有「魯酒薄而邯鄲圍」（註11）的典故，唐代李白和杜甫在此分手時，李白寫下了：「飛蓬各自遠，且盡手中杯」（註12）。

註11：語出《莊子・胠篋》，另見《淮南子・繆稱訓》。《淮南子》裡記載，楚國會見諸侯，魯國、趙國都給楚王獻酒，魯國的酒味淡薄而趙國的酒味道醇厚，楚國主管酒的官吏跟趙國要酒，趙國沒給。這個官吏就記恨在心，對楚王說趙國的酒味淡薄而魯國的酒味道醇厚。楚王就以趙國酒味淡薄為由，圍困了趙國的都城邯鄲。這個故事喻無端蒙禍或者莫名其妙受到牽扯株連，後又喻小人為泄私憤，偷樑換柱、作假害人。

註12：出自〈魯郡東石門送杜二甫〉。

孔府酒始於明代，開始專為祭孔用，因到孔府走訪的達官貴人較多，逐步轉為宴會用酒。乾隆皇帝曾先後八次到曲阜祭孔，還把女兒嫁給了第七十二代衍聖公孔憲。在接待宴席上，乾隆連連讚賞孔府家酒香醇適口，指示每年去皇宮進貢一切皆免，唯獨此燒酒和小羊羔不可少。從此，孔府的「羊羔美酒」名震一時。

孔夫子創建了私塾教育模式，功莫大焉。世人皆知其食不厭精，其實對酒，他老人家也有著不少高論，比如《論語》中的一段話：「唯酒無量，不及亂。沽酒市脯不食。」他認為，任何飲食都應該服從于「周禮」，飲酒在祭祀行禮時才可以，雖不限量，但必須不及於亂。在不敬先人或不祭神明的情況下，隨意在市場上買酒買肉來吃，是違反禮儀的，就算是買到了，作為教師的他也不會吃。

為了克己復禮，孔子對酒禮做過詳盡的論述，幾乎到了苛刻的程度。雖然史籍中沒有孔子飲酒的具體記載，但他一定是飲酒的。孔融寫過「堯不千鐘，無以建太平；孔非百觚，無以堪上聖」（註13），認為大人必有大量，藉以反對曹孟德當時執行的禁酒令；而子思則說，爺爺孔丘的酒量按當時的標準是很一般的，指出：

夫子之飲，不能一升。（註14）

註13：見於《魏書・列傳第三十六・高允傳》。

註14：出自《孔叢子・儒服》。

生死同舟

有一本奇書叫《安士全書》，通篇講的都是佛家對因果的詮釋，舉的例子基本都是真實發生過的，看過後會讓你對歷史有一種新的角度和理解。有的事情非常邪乎，讓人感到造化弄人，比如有一對很糟糕的夫妻，偏生擁有兩個有情有義的孩子，連《詩經》都為這事做了記載：「二子乘舟，泛泛其逝，願言思子，不瑕有害。」

春秋時期，衛宣公出了名的荒唐，一開始寵倖夫人夷姜，立了共同生養的公子伋為太子，並為他選了一個大美女齊姜做老婆。

當時齊國人善經商，這些商賈貴族的女兒都很妖豔，衛宣公後來見到了這齊國女子齊姜，頓時有點兒一見鍾情，於是就索性留下來自己用了。為了與此女子同歡，他建了一個著名的別墅「新台」，兩人在裡面成天酗酒重色，一待就是三年，還生了兩個孩子：公子壽和公子朔。反正生米煮成了熟飯，衛宣公和齊姜就回到了都城，但唯一彆扭的就是公子伋，不僅管未婚妻叫媽，還多了兩個弟弟。

說來也怪，公子伋與公子壽哥兒倆特別投緣，一點兒也沒有隔閡的意思，伋打小就帶公子壽玩兒，教他學習各種知識。偏生大人們不那麼想，齊姜眼見倆孩子都大了，就攛弄著宣公改立太子，這位昏庸的君王竟然答應了。有一天，衛宣公和齊姜商謀派公子伋出使齊國，暗中卻收買了一批汪洋大盜，約定將「衛」字旗下的貴冑公子殺死。

公子壽得到了消息，拍馬趕到渡口，在船上與兄長飲酒作別，這次酒局就是著名的「生死同舟」。秋風吹來，白葦如浪，哥兒倆舉杯飲過，無論弟弟如何相勸，公子伋都決心殺身成仁。他覺得天道不公，留在這個罪惡的家族自己早已經心如死灰，但慶倖的是，自己擁有一個如此重情的知己。公子壽不再多說，只是一杯一杯地勸酒，把哥哥灌得大醉。隨後，公子壽假傳旨意，將哥哥留在岸上，自己揚帆而去。

等到公子伋醒來，打開弟弟留下來的信一看，只有八字：「弟已代行，兄宜速避。」他當時就急了，另尋一隻船滿帆前進，希望挽回局面。可惜趕到時，弟弟已經被大盜們斬首，於是伋仰天痛哭不已。本來殺手們已完成了任務，見此人同來赴死，並不忍下手，但首領長歎一聲，揮刀砍死了公子伋，成全了這一對生死同舟的兄弟。後來，基因荒唐的公子朔繼承了王位，衛國國勢漸入三流。

這個故事見於《左傳》。酒局有很多種，別有用心地把對手灌醉是很常見的手法，像這種代兄赴死的故事，已然成為絕唱。十幾年前，圈子裡的一幫人和幾個歌星喝酒，幾位大佬圍著一位一線女星轉，還摸人家十歲弟弟的腦袋，直叫「小舅子」。結果酒局上，他們自己掐了起來，有位南方大哥被灌躺下了，第二天從會所的房間裡醒來，懊惱地說：

都他媽叫那幫孫子給灌的，你看，把小舅子給喝沒了吧。

發洩餐廳

每一個行業都有進入的規定和標準，但設定的門檻高低不同，比如說賣原子彈，那是萬萬不行的，不光國際組織管，老美也絕對不允許。要是賣冰棍呢，誰都可以幹，但現在都採取店鋪銷售，開一家小零售店同樣不容易，有本有人、還得有關係照著。我周圍的朋友中，男的夢想開酒吧，女的嚮往做名品店，但凡有點本錢的，都想開一家餐館。

據說，北京每天新營業五十家餐館，同時倒閉的也有三十多家，可見餐館的數量在增加，黃鋪的也不在少數，還不包括一半以上慘澹經營的。開餐廳是掙辛苦錢，得有特色，比如環境啊、菜品啊、裝修啊什麼的。我認識一位南通的老闆娘，她實在吃不了那份苦，就把餐廳改成洗腳房了，結果入行才知道水太深，賠了個七七八八以後，又改回了經營當地的海鮮小吃。

上班一族的壓力大，需要有智商情商，還要有毅力，說白了就是臉皮厚，受不了老闆氣的員工，都不是好員工。有一哥們又倔又直，跟他的臺灣上司怎麼也合不來，有一天終於忍不住了，指著對方的鼻子大罵了一通，然後摔門而去。女朋友很愛他，就從各自家裡拿了些錢，開了一家東北餐館，半死不活地做了兩年，第一年大賠、第二年小賠，眼看就要關門大吉了。

一天晚上，一班好友喝了好幾箱啤酒，對那飯店是否要開下去分成了兩種意見：一是繼續做小生意，二是回去受白領的氣。女朋友想讓他找家外企上班，他自己打死也不幹，眼見得僵在那了，有一大哥忽然說：「兄弟，你這周圍都是上班一族，你們不如開一家發洩餐廳算了。」大家一聽有理，就七嘴八舌地討論起來。

小倆口重新做了裝修，從廠家買了不少殘次品，還做了六個單間，專門供顧客摔盤子砸碗用的。剛一開業，生意就有了紅火相，這年頭受氣的人多了，哥幾個姐幾個吃點喝點以後，花不了倆錢，但過的癮可就大了。尤其是鬧意見的情人，摔個一百塊錢的，然後甜甜蜜蜜地拉著手回家了。

據說這種創意來自日本，那裡的半瘋更多，連AV都能發展成環球產業，區區的發洩一下更不在話下。酒家還提供一種橡皮人，可以寫上老闆的名字或貼上照片，罵也行、打也行，吐痰都行，很多顧客玩兒得手都抽腫了，還得跟店家要些止疼的藥膏，但心情無疑爽歪了。

北京、上海以及南京都有類似的發洩主題餐廳，但規模不大，宣傳力度也不夠，經營模式還不太成熟。有一天哥幾個聊起這事，有人說這辦法不行，受老闆的氣、受別人的氣，都可以忍或不忍，但如果受老婆的氣呢？邊上一哥們接過話茬：

「那更好辦了，我們在橡皮人上貼一張太陽旗，邊抽邊喊，還我釣魚島、還我釣魚島！」

一刀斬斷是非根

我小時候，最喜歡聽劉寶瑞的「珍珠翡翠白玉湯」，對裡面的兩個叫花子佩服得五體投地，後來看了一本《戰滁州》，才知道朱元璋不是好糊弄的。太祖們打下天下，最頭疼的就是處置功臣，成功案例當然是杯酒釋兵權，光武皇帝也不錯，搞出個凌霄閣二十八宿（註15），然後讓子孫娶平民女子，更以外戚或宦官對治諸侯。

朱元璋沒有劉秀的耐心，更沒有趙匡胤的義氣，所以他的辦法一向簡單：只有離開脖子的腦袋，才能徹底杜絕不良的想法產生。於是，他搞出了慶功樓酒局。功臣們如約而至，猜拳行令喝得好不熱鬧，喝到最後已經亂成一團。這時，他悄悄溜出去，大手一揮，早已堆好的柴禾熊熊燃燒了起來，慶功樓頓時變成了火葬場。在他下樓的時候，只有一個人躡手躡腳地跟在身後，此後裝聾賣啞，消失在空氣中。那傢夥叫劉伯溫。

這個故事沒有得到《明史》的支持，只是出現在各種演義小說中，實際上即使沒有一勺燴，功臣們也沒有幾個得到好下場。朱元璋建立了發達的特務系統，對文武百官和天下臣民都有所監視，他的疑心病屬於重度精神病。有一次，他和徐達在皇宮喝感情酒，老徐被灌得酩酊大醉，半夜醒來喝水，才發現是皇帝休息的地方，嚇得他對著皇宮拜了再拜，趕忙連夜溜走。就算這麼謹慎也沒用，朱元璋聽說徐達發背瘡，派人送去燒鵝，令其中毒身死。

還有一個耳熟能詳的故事：有一次學士宋濂上朝，朱元璋問他昨天在家喝酒沒有，請了哪些客人，宋濂一一照實回答。朱元璋聽後滿意地說：「果未騙朕。」像這樣的故事，《明史》裡能舉出上百種，做他的臣子可真是不容易啊。現在不少學者探討朱元璋反腐的手段，其實很簡單，就是殺頭，貪六十兩銀子以上就可能掉腦袋，所

註15：東漢明帝永平三年（西元六〇年），漢明帝劉莊在南宮雲台閣命人畫了二十八將的像，稱為雲台二十八將。這二十八人是漢光武帝在建立東漢的過程中最具戰功的將領。

以朱元璋殺了很多人，而貪官們像波浪一樣，後浪逐前浪、前浪死在沙灘上。

朱元璋最令後人驚歎的地方就是辦案子，一個案子接一個案子，看誰不順眼收拾誰。朱元璋以專權枉法之罪殺了胡惟庸後，受牽連而被殺者達三萬多人，包括太師李善長。接著，藍玉案又讓一萬多個人頭落地。那時候上班，官員們跟生死離別似的，因為這一走出家門，真不敢保證晚上能回來，所以回到家後，會馬上擺上酒宴，吃飽了、喝醉了再說吧。

為此，太子朱標進諫說：「陛下誅戮過濫，恐傷和氣。」當時老爸沒有說話，第二天故意把長滿刺兒的荊棘放在地上，命其揀起。朱標比畫了幾下，怕刺手沒揀起來，於是朱元璋說：「你怕刺兒不敢揀，我把它們去掉後交給你，難道不好嗎？」朱標卻說：「有什麼樣的皇帝，就會有什麼樣的臣民。」朱元璋怒其不爭，只好趕走他。

腐敗的根源在於體制不完善和人性的貪嗔癡，兩毒不除，善果難得，所以朱元璋殺得越多，後來的貪官就越狠，這種果報在明代中後期十分明顯。其實治貪，要想青史留名，或許真得殺他個七葷八素再說。記得朱元璋微服私訪，肉店老闆請其寫副對子，老朱煞氣一閃，提筆寫道：

雙手劈開生死路，一刀割斷是非根。

思親罷宴

東北冬天很冷，但是夏天也很熱，我們二十世紀七十年代那會兒沒什麼娛樂項目，老老少少經常聚在一起聽評書，那時候最流行的是劉蘭芳的《楊家將》，什麼楊七郎打擂、穆桂英掛帥等等。所有聽眾都喜歡寇老西兒寇準，此人一肚子歪主意，專治潘仁美，他們之間的故事被劉老師那一口山西話講述得惟妙惟肖，至今我還記得真真兒的。

寇準的性格比較擰巴，他嗜好歌舞，無酒宴不歡；但他有一點做得夠決絕，就是絕不置地。據記載，他晚年封為萊國公之後，在京城裡都沒有購置自己的住宅，因此上京覲見皇帝時只能住僧寺或租借房舍。為此，隱士魏野說他：「有官居鼎鼐，無地起樓臺。」但不料後來這首詩被遼國使臣知道了，使臣問哪個是愛住賓館的宰相？真宗聽說了，就借坡下驢，再次起用寇準，讓他鎮守大名府，讓契丹人隨便看個夠。

歷數老寇的一生，其事蹟多與酒有關。寇準少年時便得志，三十剛出頭就做了副宰相，因為愛喝酒，生活稍顯奢靡，不過北宋俸祿豐厚，這倒無可厚非。有一段時間，他一邊飲酒一邊吃一種很怪的飯：何首烏、蘿蔔拌飯，還放了不少鹽。沒多久，他就頭髮開始花白起來，眾人皆不解，只有太宗心裡暗笑。原來他有次無意說了句「寇準太年輕了」，弄得這小子開始扮老。

寇準在官場上起起伏伏，與得罪權臣丁謂有很大關係。丁謂後來位及宰相，不過他其實一路都是寇準保薦上來的。丁謂年少的時候就以才出名，當時著名文學家王禹偁看到丁謂寄來的作品後大驚，以為自唐韓愈、柳宗元後，二百年來才有如此之作。可見他仕途起點之高。他初登進士甲科之時，就擔任了大理評事、饒州通判，相當於副省長。只過了一年，就調回了中央，以直史館、太子中允的身份到福建路去採訪。回來之後，就當地的茶鹽等重要問題寫了篇調查報告，引起了皇帝的重視，當上了轉運使，相當於節度使，並且還兼職三司戶部判官。

在寇準看來，丁謂是個有才能的人。他不止一次向宰相李沆推薦丁謂，但李沆始終不用。寇準問李沆：「像丁謂這樣的人才，你覺得他會長期屈居人下嗎？」寇準說：「像他這樣的人，你覺得你能讓他長期屈居人下嗎？」李沆笑著說：「將來有你後悔的時候。」其實即使是寇準最後一次擔任宰相後不久，他還把丁謂調為自己的副手。但是很早之前丁謂對寇準就有恨在心了。

那一次，中央召開最高國務會議，會後，身為內閣成員的寇丁二人都參加了宴會。宴會間，老寇喝大了，一不小心灑了一鬍子湯水，眾皆大笑，獨有丁謂起身上前為他小心擦拭，並幫他將鬍鬚梳理整齊，這一舉動在同事兼好友間，自是常理也合常情。但寇準卻以老賣老，大聲斥責：「參政你是國家大臣，竟甘為長官拂拭鬍鬚這種事！」溜鬚拍馬一詞由此而來。丁謂當眾出醜，對寇準記恨在心。果然不出李沆所料，後來丁謂當上宰相，寇準就被丁謂的讒言陷害，貶到了湖南道州。所以說：「寧可得罪君子，也別得罪小人！」

北宋不殺文官，也不一擼到底，專往不毛之地貶用，如海南、兩廣、兩湖，無意之中卻成全了那些地界。蘇東坡、王安石、歐陽修哪一個不是大文豪？留下了千古篇章不說，也興旺了當地的現代旅遊業。寇準先去湖南道州做司馬，把那兒的人樂的，自發為他蓋大房子，丁謂見他活得挺滋潤，再次出陰招兒，把他貶到了廣東雷州。送行那天人山人海，馬兒都不肯走，寇準拍著它說：「走吧，連我都不敢停留啊！」然後悲從心來，怒聲說道：「你們幫我問問丁謂，他為什麼要這樣對我？」也巧了，沒過多久，丁謂被貶海南，有人這麼問丁謂，他卻說跟自己沒關係，是寇準逼曹樞密使喝酒結下的梁子。幹了還不敢認賬，果然是小人作風。

清代有個雜劇《寇萊公思親罷宴》，劇裡說的是寇準幼年喪父，母親每夜燈下做女紅助其讀書，但他「少時不修小節，頗愛飛鷹走狗」，母親怒極用秤錘向他砸過去，打得他腳上流血，從此以後他發憤讀書。為官後，寇準做壽極盡鋪張，有一次因一個家僕不小心打碎了一件傢俱而欲嚴懲。那天曾經侍候過寇母的劉媽媽在廊下哭了起來，寇準問她為什麼哭，劉媽說起了當年的艱辛，寇準摸著腳上的傷痕，想起了亡母，自責不已，當即宣佈罷宴。到了晚年，寇準感懷一生，做了一首〈蝶戀花〉：

四十年來身富貴。遊處煙霞，步履如平地。紫府丹台仙籍裡，皆知獨擅無雙美。
將相兼榮誰敢比。彩鳳徊翔，重浴萮池水。位極人臣功濟世，芬芳天下歌桃李。

「李鴻章雜碎」

我參加過一個酒局，做東的哥們兒特意請了位大員，菜品酒品都下足了功夫。開始很平淡，東拉西扯地漫談，不知怎麼提到了李鴻章，大員眼睛立馬亮了，打開話匣子，足足說了四十多分鐘，核心為：李鴻章是賣國賊。那哥們兒由側耳聆聽到小聲辯解，最後終於忍不住了，開始大聲爭論起來。酒局自然不歡而散，我說何苦呢，他卻說：「那不行！李鴻章是我們安徽人，我寧可這單生意不做，也不能任人侮辱。」

李鴻章自從被曾國藩推到前臺以後，一直是近代史上手把紅旗的弄潮兒，平長毛、滅撚軍、辦洋務，功勞簿上都寫滿了；與此同時，近代以來最重要的三十多個對外條約也都是他簽的，基本為不平等條約，李鴻章三個字在歷史恥辱柱上也是無法抹去的。我覺得，有一點他和張學良很像，甲午海戰與「九一八事變」都是我們這個國家不能承受之重，也更是他們本人最徹底的失敗。

對於其能力，沒人可以否認，同鄉歷史學家唐德剛認為，中國近現代史上只有兩個半外交家：李鴻章、周恩來及半個顧維鈞。梁啟超著述《李鴻章傳》，評價是：「吾欲以兩言論之，曰：不學無術、不敢破格，是其所短也；不避勞苦、不畏謗言，是其所長也。」最後為之喟然長歎：

「吾敬李鴻章之才，吾惜李鴻章之識，吾悲李鴻章之遇。」

李家是從江西湖口遷來合肥縣的，本姓許，後來七世祖許慎將之過繼給了姻親，才改姓的。這個小康之家在李文安中了進士後，徹底改變了命運，六個兒子全都大富大貴，長子李瀚章和次子李鴻章尤為了得。任刑部主事的李文安非常注重讀書與科舉，他拜請同榜進士曾國藩訓導兒子。進京途中，李鴻章寫下了〈入都〉十首，其中云：

丈夫隻手把吳鉤，意氣高於百尺樓。
一萬年來誰著史，三千里外欲封侯。

曾國藩是李鴻章一生的貴人。先是在李第一次落榜後，住在曾府曾為之補習；考中進士後，再入門下，求教經世之學；後來與太平天國作戰，曾讓李鴻章主辦營務；時機一到，曾看到新建的淮軍僅四營，慨然贈送十營兵將給李；隨後湘軍怕功高蓋主，禮讓淮軍獨震江湖，曾本人也退到了李鴻章身後。這種恩情何止是再造。

在江西期間，李鴻章習慣晚睡懶起，曾國藩說道：「少荃，既入我幕，我有言相告，此處所尚惟一『誠』字而已。」言罷拂袖而去，李聽了不禁出汗。後來辦洋務，老師問他如何打算，李鴻章苦笑，弱國外交只能是打「痞子腔」，曾國藩捋了半天鬍鬚，說西洋人也是人，總還是離不開一個「誠」字。李鴻章後來治事，案無留牘、門無留賓，起居飲食，皆有定規，這種養心自律的作風都是曾文正公教導的結果。

李鴻章任北洋大臣長達二十五年，應酬天天有，與不少外國人喝成了酒肉朋友。一次，德國艦隊司令力邀李鴻章去軍艦參觀，誰知那天颶風驟至、巨雨如注，一行人從大沽口坐舢板船趕來，德國人軍樂大作，表示歡迎。酒宴上，司令官拿出一瓶古色古香的多半瓶洋酒，為他恭恭敬敬地親自斟上，在大海上也不能講究太多，大家就客客氣氣地用完了餐。回去後，李中堂多少有些不爽，大老遠地頂風冒雨，喝了瓶殘酒，這叫什麼事兒！後來翻譯解釋說，那是一瓶十五世紀的酒，儲存了四百多年了，人家在軍艦上這麼費事地做局，就是為了顯擺這瓶「世界第一古酒」。

在中國近現代領導人中，李中堂是出國最多的，鬧出過不少洋相，還被人編成了一本笑話集。事實上，李鴻章廣受西方社會歡迎，成為外人瞭解中國的視窗。原本英國人吃烤雞很講究：先用叉按住、用刀割；再用刀摁住，用叉子來吃。李大人不管那個，用手就抓，出於禮貌，主人也只好用手，還別說，這事兒真就給英國移風易俗了。

在英期間，李鴻章天天西餐倒了胃口，一天為了正正胃，他讓廚師將牛肉、蔬菜等混在一起，燒了一鍋大雜燴，別說這隨便弄一個菜，吃起來香極了。陪同的記者也為香氣誘惑，一打聽是雜燴，結果聽成了雜碎，於是全英國都知道了這道東方名菜：

李鴻章雜碎。

尿遁

二十世紀九十年代初，我所在的公司投資了一所藝術院校的函授教育學院，不到半年時間，轉虧為盈，取得了很好的經濟效益。忽然有一天，學院院長和書記連袂請我們吃飯，讓我們感覺有點兒太陽從西邊出來了，問負責經營的人，那哥們兒乾脆地告訴我：「甭問，肯定是鴻門宴！」果然，院長白臉，大談政策的限制；書記紅臉，不停地表示感謝。我們一想算了，反正生意不大，褲襠栓繩，就當扯淡吧。

我在寫這本書時，最難的是查資料和定思路，不管怎麼寫，鴻門宴都是天下第一酒局，光影視文學作品就不下百部。我倒覺得這場酒局其實也沒什麼，既不像杯酒釋兵權那麼高妙，也沒有呂不韋把女人的肚子變成中華帝國那麼深謀遠慮，但其重要性就不用說了，項羽放虎歸山之後，受傷害的只能是自己，所以自刎烏江和霸王別姬才顯得那麼悲壯。

當時群雄並起，誰也沒有想到首先進入咸陽的會是劉邦團隊，橫掃天下的項羽請劉邦前來喝酒，就當時的情勢而言：老劉願意就來，不願意也得來。司馬遷不知道怎麼想的，對鴻門宴的細節交代得十分清楚，酒局中人的座位、朝向、表情、動作，以及對話描繪得像電影一樣清楚。其中三起三落充滿了戲劇性。

主陪范增再三暗示主請項羽，儘快殺掉主賓劉邦，多次用眨巴眼神示意，將佩玉三次做出暗示，無奈東道主好像很害怕破壞了酒局的氣氛，默然不應。主陪急了，就叫配從人員前來動手，於是一句成語產生：項莊舞劍意在沛公。賓客張良屬於膽大心細之輩，動用內線項伯與之對舞，酒局的氣氛就由圖窮匕首見，變為把酒觀舞了。

這時，樊噲撞倒衛士闖了進來，並質問項羽為何這樣對待天下英雄，這一招安排為神來之筆，起到了特別好的作用，項羽贈酒賜肉，一片殺心在這種惺惺相惜之下悄然而散。最妙的還是結尾，劉邦本是痞賴之徒，喝的那點兒酒早就嚇沒了，藉口上廁所，三十六計走為上也。然後留下副賓等，說是主賓身體不好，怕影響主人的情緒，自己先走了。這種情況下，大家都只能打個哈哈都過去了，只有主陪亞父范老頭兒差點兒被氣死。

有人說，楚漢相爭比的是誰比誰更得人心、更高明。我覺得毛主席比這二位都更高明，當年重慶談判，毛親自飛往重慶，在道義和民心上占了先手，而後胡宗南幾十萬大軍兵伐陝北，毛和妻子帶著百八十人，遊庭散步般地逗胡玩兒，這可不是一般的胸懷和魄力，而為天下雄主應有的氣象。

歷史上也有很多「酒局也是殺局」的例子，因為人生如刀一般殘酷的同時，也應該有烈酒相伴的激情。商場上的主賓在話不投機後，藉口上廁所溜走的事兒，我可是見得多了。還有一次喝到一半的時候，請客的主人借尿道遁了，介紹我認識的哥們兒十分不好意思，指著門外大罵：

這他媽，劉邦逃命也沒這孫子逃單跑得快啊。

首富天下局

人生在世，誰都想生活得精彩一些，把自我的角色放大。當官的把握權力、經商的獲得金錢、搞藝術的享受名聲，各有其滿足和快感。但無論做什麼，切忌撈過界，比如拿名氣做籌碼、用權力換金錢等，都容易招惹麻煩。不過，混到老行尊就一通百通了，潛規則如同自己班台最下面的抽屜，只要肯哈腰，總可以拉開的。

我對商場上的成功人士非常佩服，但極少有偶像。像石崇、沈百萬、胡雪岩都曾富可敵國，但這些人結局差了些，在中國歷史上要說經商真正的高人有兩位。一位是范蠡，顛覆吳國之後，帶走西施泛舟五湖，做成天下首富陶朱公；另一位是呂不韋，官做到丞相、錢點到手軟、書寫出《呂氏春秋》，他最牛×的是：利用一次酒局，將自己的人種推到了皇帝的位子上，並親手幫他統一六國，做了中國歷史上第一位皇帝。

史書記載：「呂不韋者……往來販賤賣貴，家累千金。」有一次，呂不韋來到邯鄲，見到了秦國在趙國做人質的秦孝文王之子異人，覺得是筆奇貨，可以囤積起來以後賺大錢，「奇貨可居」就是這麼來的。跟異人見面後，他說：「我能光大你的門庭。」異人當時混得十分窘迫，連生命都沒保障，所以苦笑著回答：「你先光大自己的門庭，然後再來管我的閒事吧。」呂不韋一邊給他倒酒，一邊說：「哪裡啊，我的門庭要靠你的門庭光大後才行啊！」

隨後倆人相談甚歡，交往越來越親密，終於發生了改變歷史的酒局。那天喝到半酣，呂不韋忽然叫出來一個女子助興，這個女子美貌非常又輕盈善舞，把異人哈喇子都饞出來了。色以酒為媒，異人站起高擎酒杯，鄭重相拜說：「咱哥兒倆既然已經生死與共了，你就把這位美女賜予老弟吧。」老呂哈哈大笑，慨然應允，本來這就是應有之義。七個月之後，女子生下了一位叫嬴政的男孩。

呂不韋拿出千金，一半用來與趙國拉關係，一半用於在秦國走動關係。當時秦昭王在位四十多年了，新立的太子有四十多個孩子，異人還是庶出，呂不韋堅持走夫人路線，讓他認華陽夫人為母。後來秦趙發生戰爭，異人撒丫子溜了回去，沒幾年就被立為太子，很快還繼承了王位，號秦莊襄王。呂不韋隨之也風風光光地當上了丞相，並把那娘兒倆從趙國弄了回來，待異人一死，十幾歲的嬴政就做了秦王，封呂不韋為「仲父」，表面上與管仲的稱號一樣，實際呢？老呂心裡那叫一個美啊！

為了與平原君等較勁兒，老呂招了門客三千，但不要武夫，專找文人墨客，還寫了一本《呂覽》，相當於古代的百科全書，有八覽、六論、十二紀，共二十多萬言，後世稱為《呂氏春秋》。別的不說，書裡光成語就有鄭人買履、刻舟求劍、高山流水等一長溜兒。這還不算完，老呂讓人把全書掛在城門旁，懸賞：誰要是能改動一個字，賞金千兩。就這麼著，還真沒人改得了，不過「一字千金」的成語倒是傳下來了。

商人雖有萬般能耐，終究不如政客狠。嬴政眼見六國統一在即，找碴兒把呂仲父罷官封侯，過了三年，再次遷往蜀地。給秦氏家族戴了綠帽子的老呂心裡跟明鏡兒似的，笑飲一杯毒酒，結束了偉大商人的一場豪賭。

滿漢全席

我屬於滿族鑲黃旗，因為有家譜，從明末一直記錄到現在，家族裡有近百名子弟戰死在灤州、襄陽和廣州等地，還有位世襲的遊擊將軍，據說是康熙爺的恩典。家譜裡的祖先都有好幾房太太，姓什麼的都有，但到太爺就只有太姥了，估計是一夫一妻制鬧的。困難時期，長輩時而念叨起過往的榮光，指著清湯寡水在那兒發感慨：「想當年，祖輩們吃滿漢全席的時候，吃一觀二看三，一百零八道流水席啊！」

滿漢全席是宮廷盛宴，既有燒烤、涮鍋等滿族風味，又包括扒、炸、炒、溜、燒等漢地烹調特色，上菜起碼一百零八種，其中北菜五十四道：十二道滿族菜、十二道北京菜、三十道山東菜；五十四道南菜：三十道江浙菜，十二道福建菜，十二道廣東菜。菜式有鹹有甜、有葷有素，取材廣泛而用料精細，涵蓋犴鼻、魚骨、鰉魚子、猴頭蘑、熊掌、哈什蟆等山珍海味，通常要三天才能吃完。

現在雖也有滿漢全席，但還是清代時的禮儀更講究。入席前，先上兩對香、茶水及手碟；臺面上有四鮮果、四乾果、四看果和四蜜餞；入席後，上菜順序依次為先冷盤，再熱炒，後大菜和甜菜。有冷葷熱肴一百九十六品、點心茶食一百二十四品，計三百二十品。酒水皆為全國各地之貢品，餐具是全套粉彩萬壽配銀器，席間有名師奏古樂伴宴，整體氣氛典雅莊重。到了清朝，故宮的規模和功能已經大大強化，皇帝一般在這裡舉辦滿漢全席，通常分六種酒宴：

蒙古親潘宴，為招待與皇室聯姻的蒙古親族所設的御宴，擺在正大光明殿，由滿族二品以上大臣坐陪，每年循例舉行。

廷臣宴，在每年正月十六日舉行，由皇帝親點大學士及有功勳者參加，地點在圓明園的奉三無私殿，禮儀遵循宗室宴，皆用高椅，赴宴者一邊飲酒，一邊賦詩，氣氛親和而濃烈，皇帝借之施恩籠絡，大臣則有耀祖之榮光。

萬壽宴，是清朝帝王的壽誕宴，王公貴族、文武百官，無不以進壽獻壽禮為榮。如遇大壽，則更為隆重盛大，派有專人專司。衣物首飾，裝潢陳設，樂舞宴飲一應俱全。慈禧六十大壽提前兩年就準備，筵宴在壽誕前一個月，就開始了。

僅專門燒制的各種吉慶釉彩碗、碟、盤等瓷器，就有二萬九千一百七十餘件。整個慶典直接花費就達一千萬兩白銀，這在中國近代史上是空前絕後的。

千叟宴，始于康熙，盛於乾隆，是規模最大、人數最多的盛大御宴。因康熙帝即席賦〈千叟宴〉詩而得名。前後舉辦過四次，乾隆時期的兩次均超過三千人。

九白宴，始於康熙年間，初定蒙古時，四大部落為表忠心，每年以九白為貢：白駱駝一匹、白馬八匹，作為信物。獻貢後，皇帝舉辦禦宴招待使臣，謂之九白宴。後來每年循例而行，道光皇帝為此賦曰：四偶銀花一玉駝，西羌歲獻帝京羅。

節令宴，指內廷按固定的年節時令而設的筵宴。如：元日宴、元會宴、春耕宴、端午宴、乞巧宴、中秋宴、重陽宴、冬至宴、除夕宴等，皆按節次定規，循例而行。食俗滿漢結合、定規詳盡，有臘八粥、元宵、粽子、冰碗、雄黃酒、重陽糕、乞巧餅、月餅等，一應俱全。

以上六種宮廷宴會，一是為皇家體面；二是為體貼內臣；三是弘揚民俗民風；四是安撫蒙古等邊疆部落，體現了清代皇帝高妙的統治智慧。這些其實並不叫滿漢全席，只是食譜與場面結合了漢民族千年的風俗習慣，被附會到了一起。滿漢全席的興起是從官場開始的，與一位「九省疆臣、三朝閣老」的漢臣有關。

最初，官場應酬都先吃滿菜席，再上漢菜席，謂之「翻台」，當時科舉盛行，漢人官員越來越多，菜品需要適應滿漢不同的飲食習慣。結果，宴會主人為了彰顯其長，漢滿展開激烈競賽，以求席桌更為精美，逐漸將兩席的饌肴拼為一席，故稱「滿漢全席」。

薄命君王

二〇〇八年北京奧運會期間，最令人難忘的是參觀首都博物館，Ｎ多國寶傾囊而出，真的是大開眼界。我們社科院有幫學者專門開眼，只去博物館或收藏之家，怕被某些現代作品汙濁了眼力，其中一位說：「一般到優秀差十倍，而優秀到神品差一萬倍。」因為贗品太多，直如北京頭頂的那一片模糊天空。

古代書畫流傳下來的萬不存一，多靠一些皇家、書院及民間的收藏，以故宮博物院為首的古代十大名畫大致為：東晉・顧愷之《洛神賦圖》；唐・閻立本《步輦圖》；唐・張萱、周昉《唐宮仕女圖》；唐・韓滉《五牛圖》；五代・顧閎中《韓熙載夜宴圖》；北宋・王希孟《千里江山圖》；北宋・張擇端《清明上河圖》；元・黃公望《富春山居圖》；明・仇英《漢宮春曉圖》；清・郎世寧《百駿圖》。

顧閎中是山東濰坊人，南唐畫院待詔，唯一的傳世作品是《韓熙載夜宴圖》。當時後主李煜想任命中書侍郎韓熙載為相，擔心他是北方投靠過來的，政治上不可靠，所以派顧閎中與周文矩、高太沖潛入其府第，窺探韓府著名的夜生活，僅憑目識心記，所繪成的。

韓熙載也是山東濰坊人，唐末進士，因戰亂南逃，被南唐朝廷留用。他意識到北宋趙氏兄弟的蓬勃強大，對南唐的偏安一處並不抱希望，無力回天之下，索性疏狂自放、縱情聲色，既避免了同僚的嫉恨，又可以得過且過地樂呵了再說，所以有人才向李煜彙報，說他「多好聲伎，專為夜飲，雖賓客楺雜，歡呼狂逸，不復拘制。」

作品以屏風為界，將畫卷分為五個故事情節，即聽樂、觀舞、休息、清吹、送別。全局構圖張弛、疏密有序；人物刻畫古樸大氣、精細傳神。第一場景：描繪了韓熙載與來賓聆聽樂女彈奏琵琶；第二場景：描繪了舞女在韓熙載的擊鼓聲中翩翩起舞；第三場景：描繪了韓熙載在圍床上休息；第四場景：描繪了韓熙載手執執扇欣賞樂女吹奏；第五部分：描繪、記錄了韓熙載和賓客與樂女調笑，以此結束夜宴。

夜宴圖裡沒有杯盤狼藉或縱欲狂歡，歌舞音樂清麗悠揚，但卻又揉雜著一股悽楚哀傷，彷彿將要高亢嘹亮，忽地曲折低回。身處五代亂世，性命朝不保夕，心中自有「對酒當歌，人生幾何」的複雜，整幅畫面的背景音樂彷彿都是曹孟德的〈短歌行〉：

「呦呦鹿鳴，食野之蘋。我有嘉賓，鼓瑟吹笙。明明如月，何時可掇？憂從中來，不可斷絕。」

李煜不愧是藝術家皇帝，搞點情報都用傳世名畫，可惜世事無常，報應也快。趙家兄弟不僅不容他睡在臥榻之側，乾脆連第一美女小周后都被抱去了自家床上，還畫了一幅春宮《熙陵幸小周后圖》：「太宗戴襆頭，面黔色而體肥，周后肢體纖弱，數宮人抱持之，周后作蹙額不勝之狀。」都說憤怒出詩人，難怪李後主能寫出「恰似一江春水向東流」這樣的悲愁。清人郭麟有一首〈南唐雜詠〉歎道：

我思昧昧最神傷，予季歸來更斷腸。
作個才人真絕代，可憐薄命作君王。

二桃殺三士

俗話說：勸賭不勸嫖。為什麼呢？賭這玩意兒百害而無一益，勸起來又不擔責任，各處落好；勸嫖就難辦許多了，說不出口而沾惹麻煩，萬一對方反問一句：「少來這套，你小子沒嫖過嗎？」豈不讓自己陷入尷尬境地。勸酒又有不同，怎麼說都行，喝酒既不會像賭博一樣會讓人傾家蕩產，也不如勸嫖那般需處處顧忌自己，同時大家也都明白：勸也是白勸。

春秋時期，齊景公喜歡飲酒，有時一場酒局可以持續七天七夜。下面人勸他應以國事為重，可勸也沒用。最後弦章急了，說道：「您再不戒酒，就賜我死吧！」一下子僵在這兒了。這時老臣晏子出現了，景公向他訴苦：「戒酒吧，活著就沒意思了；不戒吧，他真死了，我就成天下人的笑話了。糾結啊！」晏子邊聽邊點頭，感慨地說：「弦章遇到您這樣寬厚的國君，真是福氣啊！如果遇到夏桀殷紂，不是早沒命了嗎？」景公眨巴半天眼睛，長歎一聲，果真不再喝大酒了。

晏子，是與管仲齊名的相臣，連范蠡、孫叔敖都難以與之相提並論，他的很多言行結集在《晏子春秋》，留下了不少經典故事。有一回，晏子出使楚國，對方知道他矮小，就在大門旁開了個小洞。晏子走到洞前發問：「出使諸侯國，走城門；出使狗國，才走狗洞。請問這裡是楚國呢，還是狗國？」偷雞不成蝕把米，讓楚國君臣很窩火。

見面後，楚王說：「齊國沒人了嗎？派你這樣的矬子做使臣？」晏子還是用類比排除法，不慌不忙地說：「我們齊國有規矩，去上等國家，派上等人；去下等國家，派下等人。而我是最沒出息的。」一位大臣斥責道：「你只是賣弄口舌的說客罷了，真正的豪傑都是相貌堂堂的。」晏子一笑道：「秤砣雖小壓千斤，我雖然醜陋矮小，卻不會讓自己的國家受到羞辱。」說他不過，就喝吧。晏子依舊談笑風生。

春秋時期最著名的酒局是「二桃殺三士」，總導演正是晏子。魯昭公來訪齊國，齊景公設國宴款待，叔孫蠟與晏子相陪當堂。當時酒至半酣，晏子說園中桃子剛熟，摘幾只來大家嘗個鮮，還親自下去安排，用玉盤獻上六隻香氣撲鼻的碩大鮮桃。

魯昭公和齊景公食過後，連連誇讚，讓二位相國也各飲一杯，分吃了兩隻桃子。這時，晏子稟告，剩下的倆鮮桃給勇士們分了吧。傳令話音剛落，公孫接率先走上來，誇說自己打虎救駕的牛×往事，二位國君大聲褒讚，賜酒賞桃。接著黃河擊殺黿龍的古冶子也不失時機地吃了最後一隻桃子。

春秋時期重信義輕生死，桃子雖小，面子事大，佩劍立於堂下的大將田開疆看到桃子沒了，怒不可遏地說：「我當年俘虜徐國五千餘人，威震邊疆，還不如殺虎殺黿這樣的匹夫之勇嗎？在國君面前受到如此侮辱！」說完就拔劍自殺了。站在他前面的兩個人與他是生死兄弟，兩人見狀後悔不迭，也先後飲劍而亡。

這樣的結果是景公所不樂意見到的，但文武之爭歷來如此，也不好再怪罪晏子什麼。後世的文人諸葛亮寫下了「一朝被讒言，二桃殺三士」的千古名句。其後的李太白不以為然，覺得匹夫之勇何足道哉！用「梁甫吟」的調子再次寫了這件事：

智者可卷愚者豪，世人見我輕鴻毛。

老大的心思

常言道：人在江湖，身不由己。為什麼呢？因為江湖是溝溝岔岔、雜草叢生的地方，既不像小河那樣清澈見底，也不如大海那般波瀾壯闊，但現實生活中，這就是我們的生態環境，我們身在江湖，前提是要熟悉情況和遵守規矩。

水泊梁山有八百里水面，亡命之徒仗著其中的彎彎繞繞，把這兒當成了皇帝管不著的地界，漁民們寧可交保護費，也不願意認捐繳稅。我們從《水滸傳》裡知道，梁山統共有三位老大：王倫、晁蓋和宋江。這幾位背景不同，思想方法也不一樣，分析起來，能得到很多有益的啟示。

王倫是個色大膽小的人，「白天有酒喝，晚上有奶摸」，就能讓這位高考落榜生十分滿足了，但一旦八十萬禁軍槍棒教頭來了，他便心虛得不得了，生怕落了算計。從經濟學的角度來說，這是小作坊主的思想，完全不適應擴大再生產的需要。有道是，怕什麼來什麼，敢劫生辰綱（註16）的是什麼人啊？絕對的亡命徒哇。

晁蓋是個有想法的人，托塔天王嘛，是想稱霸一方的霸主。他的班子搭配得很完善，既有歪主意不斷的吳用、裝神弄鬼的公孫勝，也有亡命徒阮氏兄弟和赤髮鬼劉唐，就連爛賭鬼白勝也不是個善茬兒。所以，白衣秀才拒絕他們很正常，誰不怕被兼併？對方一旦控股超過百分之六十七，自己連哭的份兒都沒有了。

林沖火拼王倫也是必然的，業務好的人都想天地大，能坐賓士誰還喜歡桑塔納。不過，及時雨宋江可就厲害了，不光是想賺錢，還考慮著市場份額和國際聲望，人家想上市呀，一門心思地與國企合資，本人也能混個副部級待遇什麼的。所以，梁山來了那麼多政府的處長和局長，不走國有化才怪呢。但這些人的利益又是多元化的，國企的有，民企的也有，水泊梁山一百零八個爺們兒，也不是一句國有化就能搞掂的。所以他們之間各種複雜的矛盾終於在排完座次之後，得到了總爆發。

註16：唐宋時期，指編隊運送的成批生日禮物。

水滸七十一回，宋江請了一幫道士，做了一塊假石頭，總算塵埃落定，心裡很是開心。馮侖曾經說：民營企業就三件事，大碗喝酒、大秤分金、論資排輩。萬通野蠻生長了，梁山更得一日千里啊。那一天正是九月初九，梁山操辦菊花會酒局，眾兄弟開懷暢飲。宋三郎頭戴菊花，不覺大醉後，他那舞文弄墨的小資情懷更是顯露無疑：

喜遇重陽，更佳釀今朝新熟。見碧水丹山，黃蘆苦竹。
頭上盡教添白髮，鬢邊不可無黃菊。願樽前長敘弟兄情，如金玉。
統豺虎，禦邊幅。號令明，軍威肅。中心願平虜，保民安國。
日月常懸忠烈膽，風塵障卻奸邪目。望天王降詔早招安，心方足。

話音未了，武松和李逵接連發飆，像這種有案底的人，上市了也沒什麼前途，還不如像以前那樣逍遙自在。懷這種心事的人還有很多，宋江對此也無可奈何，一場歡歡喜喜開始的菊花會，最後只好不歡而散。

中國好多民營企業家都在張羅上市，其實在歐美，凡是獨享市場份額的，沒有人願意成為公眾公司。但在中國，千年的寺院常有，百年的老店難得，現在的大佬們誰願意抱殘守缺呢？與其做肥羊，還不如把資產變成現金和股票，為未來埋單的事，還是留給更高尚的人吧。

賀錢一萬

前幾天去做足浴，其間無聊看電視劇，不知不覺半個多小時過去了，還真有點兒被陳道明演的劉邦所感染，不過與我心目中的劉老三還是有差距的，史書裡對這位皇帝的記載有很多，但幾乎所有的記載字裡行間都能看到他有一股無賴勁兒，這是陳道明無論如何也理解不了，表演不出來的。

劉邦的名字是後起的，他原來叫劉季，伯仲季就是一二三，所以發達之前他就是個劉老三。他性格豪爽，沒讀過什麼書，也不愛下地幹活兒，與老實厚道的一家人很是格格不入。農村有句老話：老大憨，老二奸，老三往往都操蛋。等到混上沛縣的公務員以後，這傢夥更是好酒好色、借錢不還，對窮人又打又罵。

在自己的一畝三分地囂張也就算了，到了沛縣也敢這麼幹，這就是劉老三的真實膽色了。有一天，沛縣城裡有一個很大的酒宴，大財主呂公從山東單縣喬遷而來，雖說是為了避難，可畢竟有錢，又是縣令的鐵哥們兒，所以場面很大。當時酒宴規定：賀禮錢不到一千的，一律到堂下就座。這樣一來，坐在上堂的就都是些有頭有臉的人。

劉邦沒有埋單的習慣，參加鄉下的紅白喜事，用不著送錢，見到這種大場面其實他心裡也含糊。但他隨口喊出「賀錢一萬」，這可把呂公給鎮住了，客氣得不得了。可見，有錢沒錢並不最重要，關鍵還得有膽兒。坐下來後，劉老三抹臉兒就造，不光大吃大喝，而且吆三喝四，最後揚長而去。

縣裡蕭何那幫哥們兒知道他就這麼個人，所以跟呂公再三解釋，可人家竟也不在意，問了劉邦的好多情況，過了幾天，竟然把自己的黃花大閨女許配給了這位敢吹牛皮的劉老三。嫁過來的劉夫人漂亮又能幹，為丈夫挽回了不少面子。這也難怪，誰叫她的名字是呂雉呢？

由此可見，女人「不愛錢」是有好處的。在楚漢相爭的關鍵時期，劉邦聽從了張良的建議，眼睛都不眨地拿出四萬斤黃金，大搞離間計，狠狠地打擊了項羽。「不長心」有時也不錯，人家要把他的父親和老婆都剁成肉醬，他竟然嬉皮笑臉地說：「分我一杯羹喝嘛。」弄得對方沒轍兒。更在一次逃命時，他嫌自己的孩子礙事兒，直接從車上給扒拉下去了。

人的命，天註定。當年，荊軻要是刺死了秦王，早沒項羽劉邦什麼事兒了。狄更斯說，這是個最好的時代，也是個最壞的時代。此言有理。劉項這類人是趕上了歷史動亂，才趁機而起的，這是劉項的好時代；如果秦始皇吃仙藥多活二十年，很有可能中國人就不叫漢族，而是叫秦族了。

張作霖手黑

在北方的大小餐館，常有一道「老虎菜」，究其來歷，據說，與自詡為老虎的張作霖有關。話說有段時間老張茶飯不思，某天，廚師怕主菜上得太遲，就把黃瓜、大蔥、尖辣椒切成絲，配上香菜段，然後用糖、醋、鹽涼拌，沒想到大帥一嘗便食欲大振，問是什麼菜，廚師順嘴言道：「是老虎菜。」後來，老虎菜作為開胃菜從東北流行開來。

大帥是河北人，是後遷到遼南的；原本姓李，過繼到了老張家。所以，一個人叫什麼有時候挺偶然，但一個人的成功絕不會純屬偶然。為了走宋江的舊路，他故意截總督的姨太太，然後做出誤會痛悔之狀，終於得以接近朝廷，人家問他為什麼接受招安？老張爽快地大聲回答：「回稟大人，我想升官發財！」

張作霖有個特點就是絕對用人不疑、疑人不用，部將們報編制、要裝備，從不細摳細問。第一次世界大戰德國戰敗後，克虜伯兵工機械拆卸出售，在上海標賣。東北兵工廠廠長韓麟春在投標期間進了賭場，將　資全部輸光，然後發電報請罪，要投江自殺。張大帥急了，大罵：「媽了個巴子的，孬種！輸了就贏回來嘛，死什麼？」並馬上讓人匯去了雙倍的錢，指示說一半去買機器，另一半撈本。老韓聽了指示，拿到錢後眼睛都紅了，殺回賭場，贏回了四倍的賭資，並全部買了機器。就這樣，東北軍擁有了亞洲最大的兵工廠。

東北軍有家航運公司，一直經營不善，有個小職員寫了封信給張大帥，提出了很多看法。張二話沒說，直接將之提拔為總經理，讓他全權負責，周圍的人都覺得不合規矩，他卻說：「我覺得這小子行，他就肯定行！」一年後，這位總經理將賺來的十萬塊大洋，親手交給了張作霖，張哈哈大笑，拍著他的肩膀說：「好小子，這十萬大洋就獎給你了。」

與張學良不同，大帥一直討厭郭松齡：「郭鬼子純屬王八羔子，來瀋陽投奔我時，就扛個行李包，裡面倆茶碗，還有一個沒把兒。小六子非要用他，我一次就給了他兩千大洋的安家費。」在平定郭松齡叛亂後的慶功宴上，東北軍和政府的大員要員全來了，這些人一邊敬酒一邊拍老張小張的馬屁。正喝到興頭上，忽見有四個人抬上來了一個大木箱子，副官報告說裡面全是軍政人員與郭鬼子來往的密件。

不少人坐不住了，即使沒關聯的，也難保身邊人都乾乾淨淨，恐怕連累到自己。這時張大帥舉起酒來，大喝道：「媽了個巴子的，今天只喝酒，來來，乾了！」見大夥都隨著喝了，就說：「都給我燒了吧，留這些玩意兒，有個毬用！」手下趕緊到外邊，當著大夥兒的面，把信件全都燒了。據他自己後來說，這是小時候聽評書官渡之戰時，跟曹孟德學的招數。這場「平叛宴」的舉行，一下子把混亂的局面安定下來了。

老張喜歡打麻將，小酒常喝但不醉，主要靠酒聯絡感情。皖系失敗後，徐樹錚與張作霖哥兒倆單獨開喝，借著酒勁兒，徐說：「大哥，你現在地盤大、兵力強，我是打不過你了，可有一條，我可以帶日本兵來收拾你。」知道這江蘇老炮動不動就拿小日本說事兒，老張一邊舉杯一邊打著哈哈：「老弟這又何必呢，我的兵不就是你的兵嘛，來來，乾杯！」

有一次參加聯誼酒會，某日本高官請他贈字，張作霖沒什麼文化，平時經常練的就是個「虎」字。紙墨備好，老張一揮而就，最後落款：「張作霖手黑」。回家後，有人提醒說寫錯了，應該是「手墨」，少了個「土」字。張大帥開口便罵：「媽了個巴子的，墨字我還不會寫嗎？有土，有土也不能給日本人啊！再說了，跟小日本打交道，手不黑行嗎？」

倒騎驢

評論抽煙喝酒的好壞，似乎用處不大，蓋因它們已經成為人們生活的一部分。「吃喝嫖賭抽」是人的五大頑劣習氣，特別是酒。發明酒的皐陶做夢也想不到，這種七蒸八曬得到的偶得之物，竟然成了打通凡夫俗子精神境界的媒介，說他比孔夫子偉大，恐怕都有人舉手贊成。

唐代的時候，從皇帝到百姓無人不好酒，他們豐碩的體態足以證明大唐國民營養過剩，而作為社會明星的詩人們更是無酒不成詩，留下了無數燦如星斗的詩句。可以說，不懂酒文化，就不懂唐詩。李白的這幾句就非常具有代表性：「天若不愛酒，酒星不在天。地若不愛酒，地應無酒泉。天地既愛酒，愛酒不愧天。」

文化界有句俗話叫「四十讀杜詩」，是說不惑之年的杜甫才有味道，殊不知這種昇華都是歲月打熬出來的，是年少輕狂跟一班老大廝混出來的。杜甫、高適陪李白在江湖晃蕩了兩年，然後各走各路，老杜眼見物是人非，於是寫了一首

〈飲中八仙歌〉，以素描的筆法，為八大酒徒畫了一組肖像圖。

賀知章和張旭當時的名氣最大，他們帶著幾個扛著酒甕的書童，經常在長安城裡走街串巷，誰家的酒好菜好必定光顧，誰家的花好草好也要停下小酌，還會趁著酒意在人家的雪白牆壁上肆意地塗抹幾下，好一派逍遙自在。且看張旭：「左手持蟹螯，右手執丹經。瞪目視霄漢，不知醉已醒。」再看賀老：「知章騎馬似乘船，眼花落井水底眠。」

唐玄宗的侄子，汝陽王李璡敢於飲酒三斗再上朝議事。此人嗜酒如命，路上看到酒車便流起口水，恨不得把封地遷到酒泉；左丞相李適之，更喜酒，飲酒日費萬錢，豪飲的酒量有如鯨魚吞吐百川之水，尤其是被李林甫排擠罷相之後。李白的特點是斗酒詩百篇，天天得喝，喝醉了才能寫，杜甫的兩句詩奠定了李太白的歷史地位：「天子呼來不上船，自稱臣是酒中仙。」

名士崔宗之和蘇晉都是倜儻灑脫的少年風流人物。一位高舉酒杯，白眼向天，睥睨一切，喝醉後，宛如玉樹臨風難以自持；另一位「蘇晉長齋繡佛前，醉中往往愛逃禪」，在禪與酒之間互為解脫。至於「焦遂五斗方卓然，高談闊論驚四筵」，《甘澤謠》中稱其為布衣平民，可以酒飲五斗、雄辯高才。

唐宋以降，以「飲中八仙」為題材的書畫數不勝數，仇英、范曾、陳洪綬等人的作品都被拍賣出了天價。二十世紀九十年代末我們去某地出差，市政府的賓館牆上，掛著一幅巨大的《飲中八仙圖》，為當地畫者所創作。同行的謝兄自詡風雅，那天也確實喝高了，比比畫畫地邊指邊找：呂洞賓、藍采和、張果老，然後大聲嚷嚷：

裡面還應該有個女的啊，對了，還有頭倒騎驢呢？

千叟宴的思考

小時候，人們常說古代有個習俗：人過了六十，就要被送到深山裡自生自滅，以免浪費糧食。有個兒子背著老母親往山裡走時，發現她不時地折一截兒樹枝拋在地上，就問是不是還想回家。母親歎道：「我不怕自己喂了狼，是怕你回去迷路啊。」兒子聽後放聲大哭，又把母親背回了家，偷偷地奉養起來。後來國王知道了這事，便廢除了棄老陋習。我奶奶大我五十歲，老拿這說事兒，我挺胸抬頭地大聲說：「我長大了絕不拋棄你！」

這雖是個故事，但事實上卻有類似的風俗。社會學裡講到過一種瓦罐墳的風俗，即把年滿六十歲的父親安置在村外預先建好的大瓦罐裡，每天送一次飯並加一塊磚，等到三百六十五天后，磚把瓦罐周圍都堵死了，就算安葬了父親，很多老人自願接受這種風俗。據說，春秋秦國就這麼幹，秦公還不聽群臣勸，號稱：廢除可以，但有人能找到一個公雞下的蛋就行。相國有個十二歲的孫子甘羅，聽穎異常，跑去王宮，秦公問他你爺爺怎麼不來呀？甘羅說：「在家生孩子呢。」秦公氣樂了：「男人怎麼會生孩子？」甘羅介面：「那公雞怎麼會下蛋啊？」皇帝哈哈大笑：「得，那風俗廢就廢了吧，不過你接替你爺爺的位置幹吧。」這正是甘羅十二歲拜相的故事。

古今中外，對待老人的態度都是衡量一個國家文明程度的標誌。康乾盛世曾舉辦過四次盛大的千叟宴，為清廷六種滿漢全席的宮宴之一，應該算是有記載以來最大的酒宴了。千叟宴始于康熙皇帝六十壽誕，宴會在暢春園宴請了從各地來祝壽的千名老人，康熙帝即席賦詩〈千叟宴〉，故而得名。他七十大壽時又搞了一次，十二歲的弘曆身逢盛會，印象深刻。

後來乾隆帝為紀念成帝五十周年，在乾清宮再次舉行千叟宴，邀請了三千名客人，內有皇親國戚、前朝老臣，更多是民間奉詔進京的老人。七十五歲的乾隆帝親自為九十歲以上的壽星一一斟酒，推為上座的是一位一百四十一歲的老者。乾隆為這位老人作了個對子：「花甲重開，外加三七歲月。」紀曉嵐也來得快：「古稀雙慶，內多一個春秋。」上下聯都是一百四十一歲，堪稱絕對。

十年以後，乾隆為了不逾越祖父在位六十一年的紀錄，將皇位禪讓給了第十五子顒琰，這就是嘉慶帝。剛繼承禪位三天，嘉慶就為老爸在皇極殿再次舉辦了千叟宴，與宴者三千零五十六人，均為七十歲以上。太上皇龍心大悅，率龍子龍孫為九十歲以上的老人敬酒，賜戴七品，百歲老人為六品。這場酒局有御制的滿漢全席，貢品酒水隨意飲用，據說暈倒、樂倒、飽倒、醉倒的老人不在少數。飲饌觀劇結束後，與宴人員即席賦詩，結集共有三千四百九十七首，成為亙古難逢的盛會。在某種意義上，最後的這次千叟宴意味著康乾盛世的結束。三年後，乾隆帝駕崩。

千叟宴對清朝國民的影響是無與倫比的，其尊老敬老的風氣也在華夏更強勢地流傳了下來，後來也有不少宴老會，但規模層次就相差萬里了。近年來，南方出現一些村鎮的千叟宴。二〇〇六年秋，廣西永福舉辦了一次千叟宴，邀請了全國一千一百九十九名七十歲以上的老人，其中年齡最大的壽星一百零五歲，最小的七十歲，共擺了二百桌，所組成的巨大壽字，已申請並成為金氏世界紀錄。

近年來，東西方同時遭遇經濟危機，但內在的情況是有所不同的。

西方政府是服務型的，所謂高額債務是替人民背的，走的是富民路線，不滿意是與以前高福利相比。中國的燃眉之急是就業，長遠看是老齡化，中期則是養老金帳戶的空賬率；也就是說，我們這些年交的養老錢早就被用完了，到時候怎麼辦？新的行政改革出路還在於轉型，由投資型轉為服務型，別再被高盛之流忽悠了，西方的明白人早就說過：

發展中國家最短缺的資源是公共管理。

攪局的代價

在農村，人們相信有神仙，住在天宮；也有判官小鬼，住在地獄；頂天立地的中間這塊兒，叫人間，是凡人住的。所以臨死的時候，人們最大的期盼是到天上享福，而非下地獄受罪。

西方社會起源遊牧部落，隨著星星轉，所以用陽曆；東方社會立足農耕，靠土地吃飯，習慣用陰曆。蔣介石信了基督教，移風易俗地改用陽曆，現代的年輕人早已對陰曆不甚了了，用宋小寶的話來說：「過去講五行，現在用星座。」

我還是相信咱陰曆，尤其是二十四節氣非常精準，而且有些節日還與神話傳說有關，在人間化為民俗傳統。比如三月三叫千秋節，為王母娘娘的壽誕，天宮瑤池神仙聚會，舉辦盛大的蟠桃酒會，民間則是踏青、逛廟會及對情歌。

西王母是一位女仙首領，俗稱王母或王母娘娘，世俗文化把她當作天上的皇后，與玉帝共同統治天宮，他們還生有七個女兒，即七仙女。天上和地上的格局相近，天王們率領天兵天將，神仙則散居在諸處，分為上八洞神仙、中八洞神仙及下八洞神仙。

為了待客，王母會準備不少好東西：一是仙酒，分為九品，喝了延年益壽；二是蟠桃，有三千年、六千年、九千年成熟的三種，可以成仙得道及長生不老；三是仙丹，吃了能與日月同壽。其他仙果仙水仙品數不勝數。但是關於這酒和蟠桃的分法就有講究了，你想那一萬年才結三十只的蟠桃，並不是人人都能分到的，必須是要有級別、有編制、有功勞、有眼力的角色，所以蟠桃會，可不是什麼簡單的吃吃喝喝的酒肉聚會。企業的年終獎金，不可能每人都給萬八千的，所以蟠桃會其實是一種隱形的獎懲大會。蟠桃會上眾仙的座次也是不同的，我們現在到了年底聚餐的時候，雖然大家吃的都一樣，可這誰坐領導身邊，誰發言講話，誰獲個什麼鼓勵獎，其實都是一種象徵。因為看到臺上活躍的人，有誰心裡不在底下打小九九？對了，這才是宴會真正的目的。

仙界酒場上也得有規矩。你可以盡情享樂，但是還要注意在酒色面前要有把持，否則會受到處罰。比如捲簾大將因為失手打破一個琉璃盞，就被罰落凡間，流放流沙河了——辦事不力；天蓬元帥錯誤更嚴重，酒後對月宮嫦娥性騷擾，轉世中誤為豬身，只好在高老莊低眉順眼地鬼混——亂搞公司美女的下場；弼馬溫這個猴精不請自來，先是偷吃糟蹋了蟠桃園，又扮作赤腳大仙，闖進蟠桃會，喝得酩酊大醉，盜走無數仙酒仙品，包括太上老君的仙丹，肆無忌憚地大鬧天宮。被幾次緝捕不得，最後請得如來佛覆手為山，整整把它壓山下五百年——喝酒目無宗長，不懂規矩的結果。

苦海無邊回頭是岸，天庭讓這三位追隨唐三藏去西天取經，最後歷經數十年九九八十一難，才修成了正果，服不服？人都是這麼練出來的。後來有段子說，老幾位都混得不錯，當官的、開公司的，只有孫悟空還是眼睛毒、嘴巴快，由於不合時宜，被主流社會邊緣化了。

經驗表明，酒局喝下去的是酒，喝出來的是規矩。不懂規矩的，靠邊兒站！

南下幹部第一人

現今世界上最大的寶藏在哪裡？我覺得是陝西的秦始皇墓，裡面僅僅是幾座兵馬俑就已經是世界第七奇跡了，不敢想像陪葬的先秦珍寶出世後，會給世界帶來怎樣的震撼。在大開發的背景下，中國人掘祖墳幾乎變得冠冕堂皇，還美其名曰保護世界文化遺產。幸好秦始皇和武則天的名頭夠大，其墓的開掘得聯合國審議批准才行，但其他古人可就沒這麼幸運了。比如南越國皇帝的墓，從孫權那時就開始挖了，但也沒找到，直到前些年把番禺內外翻了個底朝天，才找到了二代三代的墓地。不過，神秘莫測的開國皇帝趙佗墓還是沒有找到。

南越國是珠江三角洲的第一個王朝政權，它奠定了兩廣的漢族文化，但其建立是歷史上的一個異數，其過程彷彿是冥冥中自有天意。當時，秦始皇統一六國後，發現楚國往南還沒見著海，還有廣袤的土地，秦王於是派五十萬大軍出征，用四年時間，橫掃各式各色的勢力，在嶺南設立了三郡：南海郡、桂林郡、象郡。南海郡尉任囂非常有頭腦，他在病死前，指定龍川縣令趙佗接替自己。

趙佗是河北正定人，十九歲擔任始皇帝的護駕衛士，因為非常熟悉嶺南民情，得以作為副將南下。那時正是楚漢相爭的時候，中原亂成了一鍋粥，無暇南顧。接任主帥後，趙佗先是從中原遷入大量移民，然後雷厲風行地兼併了其餘兩郡，按秦制推廣改造，還派兵把守五嶺（註17）以拒中原。

西元前二〇三年，南越王國成立，比劉邦的漢朝還早了三年，趙佗開始稱王，建都在番禺，疆域包括今天中國的廣東、廣西、福建、湖南、貴州及雲南和越南的部分地區，與北方的冒頓各自南北稱強。劉邦搞掂中原後，派遣陸賈出使南越，一番巧舌如簧，將趙佗勸說歸漢，使之成為大漢的藩屬國，此後雙方交往頻繁。

註17：指大庾嶺、騎田嶺、都龐嶺、萌渚嶺和越城嶺。

呂后當政後，不滿於這種局面，採取了限制和禁售政策，趙佗於是火了，主動出兵長沙。雙方交手了幾次，但由於漢兵不習慣南方炎熱潮濕的氣候，南越兵又不可能北上，最終誰也奈何不了誰。後來到了文景之治，劉恒派人重修了趙佗先人的墓地，每年為之祭祀，並給趙家子弟官職和賞賜。在陸賈的再次忽悠下，南越國名義上又歸順了西漢。

趙佗二十歲去嶺南，去世時一百零一歲，用了八十多年時間把漢地的文字、制度和工藝等推廣到了整個南方，他還鼓勵通婚，使萬里江山正式納入了中國的版圖，連毛澤東都戲稱他為：「南下幹部第一人。」可惜，他之後的四位接班人一代不如一代，後來還鬧起了內訌，直到遇到漢武帝這麼強勢的對手，西元前一一一年終於被滅。再後來史上曇花一現的南越國被分割設立了九郡。

二〇〇三年一月一日，廣州酒家的滿漢宮門口站著倆秦朝戰士，手持長戈，迎接各路嘉賓，原來這裡推出了「南越王宴」，複製了南越國時期的飲食文化。其中九道主菜出自九個典故：雄關新道、始皇尋珍、靈渠船曲、蕃都稱王、三郡升平、陸賈南末、越王思漢、趙佗百歲和南北歸一，還有越人小食等，論證了

「食在廣州」的起源。

西元前一三五年閩越國進犯南越國，漢武帝派兵打敗了來犯的閩越國，為南越國解了圍。漢使臣唐蒙在謝宴會上意外喝到了一種「蒟醬」酒，十分著迷，一問才知道出自殘餘的鰼國。唐蒙後來把這酒帶回去獻給了漢武帝，那時候的人們對好酒的稱讚是：「玉饋（註18）之酒，酒美如肉。」而漢武帝對這種酒的評價正是：「與肉何異！」於是被封為御酒。

蒟醬為胡椒科植物，果實做醬為藥，可化痰祛風，做酒的鰼國位於赤水河流域，包括今天的仁懷及習水，也就是茅臺、習酒及五糧液的發源地。據說趙佗活了有一百零三歲，堪稱世界最長壽帝王。

註18：傳說中的酒仙。

話少

我來北京多年，僅去過兩次故宮，還是陪外地來京的朋友去的，這些旅遊勝地煩囂嘈雜，想走馬觀花都難。我喜歡遊玩的地方也有幾處，學生時代是愛去圓明園，夕陽西下時，穿過那些稻田，有一種格外的凝合氣氛；現在喜歡西山佛光寺，去那裡主要是繞塔、拜佛牙及買書，再就是逛潭柘寺——為了那句老話「先有潭柘寺，後有北京城」。

顧名思義，潭柘寺是有龍潭和柘樹的寺院。春天寺院幾株玉蘭，開得碩大香鬱，點綴得幽深深的古殿一派蓬勃生機。上面的小竹林很有靈性，不知道它們是怎樣熬過北方酷寒的，不遠則是曲水流觴，因為乾隆帝摯愛〈蘭亭序〉，我斷定此景是受其命仿魏晉之風所造。

我往往一坐就是很長時間，幻想著文人墨客的風騷之狀，恨不能穿越過去，相飲為歡。南京烏衣巷的院落內也有同樣的景致，這些象徵著王氏家族曾經在歷史上的輝煌。

王羲之的老家是山東，起於東漢時期的琅琊國，即今天的山東臨沂。《二十四孝圖》中的王祥和兄弟王覽同朝為官，到了王導、王敦這一輩，家族助晉室南渡建立東晉，權勢一時無兩，王羲之的父親王曠也做了淮南太守。王羲之受家族熏習，七歲善書，十二歲從父親枕中竊讀前代《筆論》，成就可期可望。

衛夫人衛鑠是晉朝書法大家，她的師父鐘繇推許其書法：「碎玉壺之冰，爛瑤台之月，婉然若樹，穆若清風。」

衛夫人還是王羲之的姨母，也是王羲之的啟蒙老師。後人多認為沒有衛夫人，就沒有王羲之，當然王自己的努力還是主要的。王羲之有一次躺在床上，情不自禁地用手在夫人的肚子上練字，人家不高興了：「你用自己的身體練，幹嘛用我的身體呢？」據說一語驚破夢中人，王羲之從此開始突破衛夫人，找到了自己的風格。

東晉永和九年（三五三年）農曆三月初三，王羲之會同謝安、孫綽等四十一位名士聚于紹興蘭亭，搞一種傳統的修禊活動，這就是被傳頌千古的「蘭亭會」。一干人各得其樂，飲酒而作樂、賦詩以敘懷，匯詩成集後，五十歲的王羲之即興揮毫，寫出一篇序言，即為〈蘭亭序〉。此帖為草稿，二十八行、三百二十四字，刻畫了當時文人雅集的情景。當時作者的精氣神妙在豪巔，一氣呵成，據說後來再寫已不能逮。其中有二十多個「之」字，各成妙趣。行書本在書法最高峰，此帖被米芾稱為「天下第一行書」。

兩年後，王羲之稱病棄官，由無錫徙居金庭，建書樓、植桑果、教子弟、賦詩畫，放鵝而琢書意、垂釣而怡自情、攜友而遍山水，終老於此！

民間有不少關於王羲之愛鵝的故事，王羲之曾經寫了一本《道德經》換了山陰道士的一群白鵝，李白還記錄了這件趣事：「山陰道士如相見，應寫《黃庭》換白鵝。」

繼承王羲之衣缽的無疑是其七子王獻之，這小子才華橫溢又定力十足。有一次家裡來小偷，他見人家偷得差不多了，才慢悠悠地說：「偷兒，那青氈是祖傳的，把這件留下吧。」他可以在幾百人圍觀下從容寫字，父親在他練字時，出其不意地奪筆，竟取之不下，於是連王羲之都發出了自歎弗如的感慨。

小時候，王羲之的三個兒子同去拜訪謝安，走後談及誰更優秀，謝安說最小的那個，問到為什麼，謝安說：

話少。

國家圖書館出版品預行編目(CIP)資料

醉後大丈夫：以酒串成的歷史經典/ 滕征輝作. --
初版. -- 臺北市：信實文化行銷, 2014.07
面；　公分. --（What's vision; 109）
ISBN 978-986-5767-26-6（上冊：平裝）
ISBN 978-986-5767-27-3（上冊：平裝）

855　　　　　　　　　　103010352

What' s Vision 109-1

醉後大丈夫：以酒串成的歷史經典

作者　滕征輝
總編輯　許汝紘
副總編輯　楊文玄
編輯　黃暐婷
美術編輯　楊詠棠
行銷企劃　陳威佑
發行　許麗雪
出版　信實文化行銷有限公司
地址　台北市大安區忠孝東路四段 341 號 11 樓之三
電話　（02）2740-3939
傳真　（02）2777-1413
網址　www.whats.com.tw
E-Mail　service@whats.com.tw
Facebook　https://www.facebook.com/whats.com.tw
劃撥帳號　50040687 信實文化行銷有限公司

印刷　上海印刷廠股份有限公司
地址　新北市土城區大暖路 71 號
電話　（02）2269-7921

總經銷　聯合發行股份有限公司
地址　新北市新店區寶橋路 235 巷 6 弄 6 號 2 樓
電話　（02）2917-8022

本書原出版者為：中南博集天卷文化傳媒有限公司。中文簡體原書名為《做東》。
版權代理：中圖公司國際版權部貿易部。
本書由中南博集天卷文化傳媒有限公司授權信實文化行銷有限公司在台灣地區獨家出版發行。

2014 年 6 月 初版
定價　新台幣 280 元